문호리
지똥구리네

병치레를 달고 살던
아이를 위해 선택한 시골생활

문호리
지똥구리네

동아일보사

추억하고 싶은 시절
선물하기

        욕심을 버리고 살기가 어렵다. 하지만 조금
쯤은 그러고 싶었다. 흙을 밟고 살면서 아이들 웃음소리가 들리는 집.
타샤 튜터 할머니처럼 살지는 못하지만 딱 한 발자국만 뒤로 물러나
서 산다는 것. 우리 가족은 늘 무엇을 좇으며 살지만 조금 천천히 좇
아가자는 마음으로 이사를 결심했다. 돈을 조금 더 벌며 도시에 사는
것과 조금 덜 벌며 시골에 사는 것. 우리는 이 둘 중에서 후자를 선택
했다.

  2004년 이사를 결정하고는 2월부터 집을 구하러 양평군 북한강변
문호리로 향했다. 다른 곳이 아닌 문호리에 터를 잡은 이유는 강변에
자리 잡은 초등학교가 아름다웠기 때문이다. 학교 도서관에 앉아 있
으면 석양 무렵 흘러가는 금빛 물결을 볼 수 있었다. 반짝이는 것들과
흘러가는 것들 사이에 우리 가족도 그렇게 살고 싶었다. 단순하게 자

연과 소통하고 싶고, 무엇보다 그런 세상에서 아이들과 행복해지고 싶었다.

어릴 적 우리 집은 지금도 우리 형제들 사이에서 자랑이다. 슬레이트집이었지만 깊은 우물이 있는 넓은 마당은 아이들에게 천국이었다. 아버지가 가꾼 화단에는 창포 치자 붓꽃 영산홍 철쭉 장미 같은 꽃들이 철따라 피어났다. 커다란 정원석들은 우리 형제들의 놀이터였고, 감나무 무화과나무 대추나무 같은 과일나무들이 우리들의 입을 즐겁게 해주었다. 담장 밑에는 덩굴장미가, 마당 전체에는 포도나무 덩굴이 덮여 있었다. 그 집에서 동생들과 10년 넘게 산 고양이 살찐이와 보낸 시절, 초등학교 4학년까지의 유년시절은 내 인생에서 가장 행복한 시기였다.

남편 역시 어릴 적 자란 시골집을 잊지 못했다. 어머니가 등잔불 아래에서 양말을 깁고 여섯 형제가 한 이불을 덮고 자던 두 칸짜리 초가집. 그 옹색한 방에서 살던 때를 가장 행복한 시절로 손꼽는다.

우리는 훗날 아이들에게 무엇이 아름다운 선물일까 고민했다. 산과 물과 바람이 있는 곳에서 흙냄새를 맡으며 사는 어린 시절. 아이들에게 그 시절을 선물하자는 생각에서 서울을 떠났다. 아이들이 다음에 어떤 일을 하며 어디서 살든 지금 이 시절이 힘이 되어줄 것이다. 부모가 자식에게 줄 수 있는 가장 좋은 선물은 아마도 추억일 것이다.

물론 시골살이는 녹록지 않았고, 특히 나같이 도시에서만 살아온 사람에게는 가혹(?)하기까지 했다. 양평군 서종면 문호리는 서울에서 불과 50킬로미터밖에 떨어져 있지 않다. 지금은 양수리까지 전철이 다녀서 양수역에서 시청역까지 불과 한 시간 거리다. 그러나 아직도 70년대, 80년대, 또는 그 이전의 풍경을 간직하고 있는 곳이기도 하다.

그곳에 사는 사람들이 그렇게 살고 있기 때문에 가능하다.

　지난 5년간은 나에게도 좋은 추억이자 삶의 새로운 힘이 되고 있다. 사람에 대해서, 자연에 대해서 관심을 가지고 산 적이 있었던가? 평균치의 삶에서 벗어남으로써 평균 이상의 만족감을 느끼게 되었다. 만약 아파트에서 계속 살았다면 아이들과 나는 지금과 같은 모습은 아닐 것이다. 우리 가족은 지금 이대로의 모습을 사랑한다. 5년 전 우리 가족은 좋은 선택을 했다고 믿는다.

Contents

Part 3 살아가며 배우는 것들

Part 4 마음 만들기

Part 1

애들아, 강변 살자

이사한 지 한 달 만에 우리 가족은 많은 이웃을 얻었다. 우리 집 연통에는 직박구리 부부가 새끼를 치기 위해 들락거리고 있었고 집에서는 얼마나 많은 벌레들이 새끼를 치며 사는지 알 수 없었다. 뒤뜰 딸기밭에는 뱀이, 울타리 주변에는 병아리를 채 가는 도둑고양이가 어슬렁거렸다. 집 앞으로는 드넓은 풀밭이 펼쳐져 있고, 그 너머로 강이 흐르고 있었다.

밭
가운데
있는 집

2004년 5월 10일, 경기도 양평군 서종면 문호리 67**번지. 이사 온 첫날, 우리 집에서는 아이들의 비명소리가 끊임없이 들려왔다.

5월 초순으로 넘어가는 중이었지만 비어 있는 집에 감도는 공기는 그 끝이 알싸하게 매웠고, 무엇보다 이곳은 아파트와 달리 공기가 꽃 가지 담 넘듯이 넘나들었다. 우리 집은 육면체 중에서 한 면만 땅에 닿아 있을 뿐 나머지 다섯 면이 허공에 드러나 있었다. 사방에서 불어오는 바람이 낡은 창문 틈과 문틈을 잡아채서 흔들었다. 우리 가족은 오히려 겨울보다 더한 한기를 느끼며 어깨를 움츠린 채 보일러를 틀어댔다. 남편은 강원도 산골짜기에는 5월에도 더러 잔설이 남아 있다는 전설 같은 이야기를 전하며, 양평이 혹시 그런 곳은 아닐까 의심스러워했다.

놀라운 것은 한 가지 더 있다. 이사를 하고 난 뒤에 알게 된 새로운 사실은 이 집의 주인이 따로 있다는 것이었다. 물론 수원에서 모텔도 하고 이런저런 집장사를 하는 주인의 집도 아니었다. 보일러를 틀자마자 미처 풀지 않은 이삿짐 사이에서 스멀스멀거리는 것들, 그것들은 오래전부터 이 집의 실소유주였다.

"도대체 저놈들은 어디서 나오는 거지? 보일러실이나 창고에서 나오는 걸까?"

"오래된 집이니까 벽 사이 빈틈이 많을 거야."

"저놈이 있으면 바퀴벌레는 없을까?"

발이 많은 그 벌레 역시 바퀴벌레만큼이나 고약스러웠다. 집 안은 온통 스멀거리는 벌레 천지였다. 아이들은 비명을 지르며 이 방 저 방 뛰어다니고, 남편은 두루마리 휴지를 든 채 아이들의 뒤를 따라다니고, 나는 어찌해야 할지 몰라서 입을 딱 벌리고 있었다.

"아이고 돈 구르마."

그 혼란한 와중에 집주인 아주머니는 발 많은 벌레를 보고 반색했다. 돈벌레 또는 돈 구르마라 불리는 그 벌레는 그리마였다. 아주머니는 돈 구르마는 물지도 않고, 사람한테 해를 끼치지도 않으니 잡지 말라고 당부했다. 발이 수십 개도 더 되고, 밭에 '흰 줄무늬가 있는' 돈벌레! 벌레란 말의 어감이 썩 좋은 것은 아니지만 '돈' 자와 결합하니

저승사자만큼이나 듣기 싫은 말이 되었다.

그놈들의 진원지를 찾아 우리는 집 안팎을 돌아보았다. 보일러실을 여니 습기 냄새가 훅 끼쳤다. 그곳에는 공벌레와 쥐며느리 집게벌레가 바닥에 바글바글했다. 눈에 띄는 벌레가 저렇게 많으면 눈에 띄지 않는 벌레는 얼마나 많을 것인가! 이 집에는 도대체 벌레들이 얼마나 많을까!

예전에 리더스다이제스트 잡학사전에서 본 것이 생각났다. 인간들은 3천 종류가 넘는 벌레들과 공존한다는 것이었다. 이 집 문턱을 넘는 순간 나는 호모사피엔스사피엔스는 자연의 수많은 종 중의 하나에 불과하다는 걸 깨달았다. 이 집에서 살려면 생존전략을 새로 짜야 한다는 것도.

첫날 내가 휴지와 빗자루 신문지 몽둥이를 이용해 잡은 벌레는 꼬리가 연미복처럼 갈라지는 벌레, 그리마보다 열 배는 더 징그러운데다가 냄새까지 나는 노래기, 그리고 죽은 듯이 몸을 도르르 마는 공벌레, 공벌레보다 날씬한 쥐며느리, 심지어 뒷마당 돌 틈에서 붉은 지네였다. 신발장 방 거실 할 것 없이 진을 치고 있는 수십 종류의 거미와 모양이 다른 거미줄들은 자연사박물관을 연상시켰다. 절지동물이지만 거미는 지네와 그리마에 비하면 '애완용'에 가까웠다.

이사 오기 전에 몇 번이나 와서 청소를 했지만 우리보다 먼저 살던

벌레와 아이들은 금세 가까워졌지만 나는 그렇지 못했다. 발이
많은 벌레만 보면 비명이 터져 나왔다. 아이들은 살금살금 다가
와서 강아지풀로 살살 간질이곤 했다. 강아지풀인 줄 알면서도
비명을 지르면 낄낄거리고 웃었다.

2004년. 5월 10일. 우리 가족은 경기도 양평군 서종면 문호리로 이사를 했다. 아이들은 일러스트 작가인 땀(우지현) 언니, 어린이집 수녀님께 "우리 집에 놀러오세요."라고 초대장을 보냈다.

'원주민'(?)은 보일러를 트는 순간 자신들의 권리를 인정하라는 시위를 벌였다. 며칠 동안 잡아도 벌레들은 어느 구석에서인지 기어 나왔다. 아무리 걷어내도 문만 열면 거미줄은 늘 우리 가족의 눈앞에 걸려 있었고, 파르르 떨리는 거미줄에는 벌써 이름 모를 날벌레들이 사로잡혀 있었다. 그 벌레들이 어떤 존재인지도 모른 채 연둣빛 나는 작은 벌레들을 휴지로 쓸어 담기 바빴다.

"여름이 되면 대단하겠다!"

단열이 잘되는 전원주택과 허름한 농가주택의 차이는 이렇게 집 안에 벌레가 들어오느냐 안 들어오느냐의 차이였다. 낡은 집은 집 자체가 이미 자연을 닮아 있었다. 그것이 시멘트 골조로 되었든 무엇으로 되었든 상관없이 시간과 공기는 그 모든 것을 뛰어넘는다.

'자, 벌레들과 공생할 것인가? 하루 종일 벌레들과 전투를 벌일 것인가?'

이사 온 첫날부터 우리는 벌레들을 잡으며 사는 건 불가능하다는 결론을 내렸다. 이불 속에서 눈만 내민 채 스멀거리는 벌레가 사는 천장이며 벽을 바라보았다. 당장 저 벽 뒤에서 굼실거리는 돈벌레는 얼마나 많을 것인가? 지붕 위와 방바닥 아래에는 어떤 벌레들이 있을 것인가? 밭에서 넘어 들어오는 벌레들은 또 얼마나 많을 것인가?

그날 우리 가족은 단잠에 빠져들었다. 흙냄새 물 냄새가 섞인 공기 때문인지 아니면 이 집의 주인을 인정했기 때문인지는 모르겠다. 우리는 그날 이후부터 넓은 밭과 푸른 강물과 수천 평이 넘는 풀밭을 안고 있는 낡은 집이 주는 선물을 받아들이기로 했다.

새로운
이웃들

내가 가장 좋아하는 탐정소설의 주인공은 할머니인 미스 마플이다. 문호리 600번지 일대에 처음 발을 디뎠을 때 바로 미스 마플이 사는 동네 같았다. 겉으로는 점잖고 소박한 사람들 같지만 속으로는 흥미진진한 사연을 갖고 있는 사람들이 사는 곳. 나와 동갑인 뒷집 아주머니로부터 동네 사람들의 이야기를 듣는 순간, 탐정소설의 한가운데 있는 것처럼 동네 사람들이 비현실적으로 비쳐졌다. 나는 삶의 다양성과 생기에 홀딱 빠져들었다.

"아줌마들의 수다란……, 매일 보면서도 만나기만 하면 한나절이니……."

"나만 그러나. 개목사님이랑 몇 시간씩 담배 피우면서 수다 떤 사람은 누군데……."

길 가운데서든 우리 집 평상 아래서든 나는 사람들의 이야기를 듣느라 시간 가는 줄 몰랐다. 일이 밀려서 밤잠을 제대로 못 잘 지경이었지만, 현관 밖에만 나가면 서너 시간씩 수다를 떨 만한 이야깃거리들이 기다리고 있었다.

우리 집 앞에는 개목사님이 산다. 개목사란 늘 개 세 마리를 데리고 다니기 때문에 사람들이 붙인 별명인데, 봉두난발을 한 채 수염을 목 아래까지 기르고 있어서 사이비 종교 교주 같다. 개목사님은 사시사철 도라우찌라 불리는 모자를 푹 눌러쓰고 맨발에 슬리퍼 바람으로 다닌다. 굳은살이 박인 발은 늘 먼지투성이였고 손톱과 발톱에는 검은 때가 박혀 있었다. 낡은 파란색 트럭이 털털거리는 소리며 멀리서도 들리는 커다란 웃음소리와 휘파람소리······. 개목사님은 확실하게 들고 나는 티를 내었다.

"필요한 게 있으면 우리 집에서 갖고 가요."

그는 우리와 마주칠 때마다 늘 인심 좋게 말했다.

필요한 것으로 말하자면 무척이나 많았다. 야외 테이블과 의자가 무엇보다 필요했다. 마당에 항아리를 몇 개 두고 그 안에 부레옥잠을 키우고도 싶었다. 만물상인 그의 집에는 없는 게 없었다.

수제비나 칼국수를 하는 날이면 한 그릇 들고 가곤 했다. 번번이 그는 출타 중이었다. 나는 갖고 간 그릇을 테이블 위에 올려놓고 마당을 한 바퀴 쓱 둘러보고 나오곤 했다. 그는 이사 가는 집의 쓰레기를 치워주고 조금씩 돈을 받아 생활했다. 그러다 보니 잡동사니들이 집 구석구석에 쟁여져 있었다. 소파나 식탁 의자, 심지어 횟집에 있는 커다란 수족관도 있었다. 잡동사니들 중에서 내 눈길을 끈 건 항아리와 다듬잇돌이었다. 다듬잇돌은 돈을 주고 사 오고 싶었다. 꼭 필요해서라기보다 그렇게 하면 왠지 그를 도울 수 있을 거 같아서다.

개목사님이 집으로 쓰는 컨테이너 옆에는 조립식으로 얼기설기 지은 작은 교회가 있고, 교회 뒤에는 작은 저수지가 있었다. 한때 저수지에다 양어장을 했는데, 물고기를 기르면서 목회 일을 하던 몇 년간이 그의 인생에서 가장 행복한 시기였다. 월남전에 참전했다 몸과 마음에 온통 상처를 입은 채 귀국한 그는 이곳에 오면서 치유가 되는 듯했다. 그러나 하필이면 바로 이곳에서 딸을 잃은 뒤부터는 회복 불능의 상처를 안고 저수지에 갇힌 수초처럼 문드러져가는 중이었다. 인생이란 알 수 없다. 어느 순간 하늘 높은 줄 모르고 솟아오르다가도 어떻게 허물어질지 모르는 것 또한 인생이었다.

그의 집에는 사연이 많은 사람들이 모여들었다. 잊힌 문인, 유디티 출신으로 하이에나라 불리는 마흔이 넘은 노총각, 악사 출신 목사 등이다. 특히나 노문리 산골짜기에 사는 하이에나와 개목사님은 형님 동생 하면서 며칠이고 술을 마시고 다녔다. 하이에나는 문호리뿐만 아니라 양수리에서도 택시도 공짜로 타고 밥도 공짜로 먹고 술도 공

짜로 마셨다. 아무도 하이에나에게 돈을 달라고 하지 않았다. 그는 이 일대, 반경 30킬로미터 안에서는 소문 난 무법자였다.

그 윗집, 이층집에는 요양을 온 부부가 살고 있었다. 장발인 남편의 손을 꼭 잡고 걷는 젊은 여자를 나는 처음에는 가수와 결혼한 철없는 소녀쯤으로 보았다. 알고 보니 남편 혼자 걷지 못해 부축해주는 중이었다. 서울서 빵집을 하던 남편이 어느 날 갑자기 시한부 생명을 선고받았고, 그 바람에 요양하러 들어왔다고 했다.

그 아래층에는 하버드 대학으로 유학을 갈 거라는 이혼한 사모님이 살았다. 처음에는 머리에 동백기름을 바르고 짙은 화장을 한 그녀를 동양화가나 도예가가 아닐까 생각했다. 그녀는 가끔 울적한 날에는 택시를 불러 타고 하루 종일 북한강변을 드라이브하기도 했다. 쉰이 넘어서도 바람 부는 소리에 스산해지는 그녀는 조증과 울증 사이를 넘나들었다.

그 바로 뒷집, 2미터도 채 안 떨어진 집은 안식교 교회였다. 목사님은 다림질한 멜빵바지와 셔츠를 입고 직접 집을 짓고 있었고, 참으로 국수를 내오는 이는 엉덩이까지 탐스럽게 머리를 기른 사모님이었다. 사모님은 빵을 잘 만들었다. 우리는 이웃이 된 기념으로 커다란 무 다섯 개와 호박빵을 선물받았다.

그 맞은편 집에 사는 뚱뚱한 할머니는 이 동네에서 가장 부자는 아닐지라도 가장 행복해 보이는 분이었다. 다리를 다쳐 1년째 목발을 짚고 다녔는데, 아들딸이 모두 부유했다. 아들은 잠실에서 찜질방을, 딸은 분당에서 넓은 아파트에 산다고 자랑을 하셨다.

할머니 집 뒤에는 무덤이 두 개 있고, 한동안 푸석푸석 척박한 밭이 이어진다. 마을은 좁은 사잇길을 두고 갈라지고, 사잇길 한쪽으로는 황토 흙으로 지은 작은 카페가 나왔다. 교포처럼 발음을 굴리는 아저씨는 은발이었고, 늘 작은 귀고리를 한쪽 귀에만 하고 있었다. 들리는 소문에 동대문에서 옷장사를 하다가 왔다고 했다. 그리고 그 뒤에는 어쩌면 우리 동네에서 가장 부자인 할아버지가 산다. 하루 종일 자신의 땅을 살피고 다닌다는 그 할아버지는 칠이 다 벗겨진 낡은 자전거를 타고 다닌다. 새벽 6시 반이면 어김없이 삐이거억 하고 4분의 3박자로 울리는 자전거 소리가 우리 집 쥐똥나무 울타리로 넘어온다.

우리 집보다 1년 빨리 들어온 뒷집 아주머니, 그러니까 가수와 결혼한 철없는 소녀 같은 아주머니가 들려주는 이웃의 이야기는 무궁무진했다.

"지엽이네도 도둑 조심하세요. 우리 이사 온 그해 겨울에 패물을 몽땅 도둑맞았잖아요."

"누가 훔쳐 갔을까요? 빈집인 걸 아는 사람이 있었을까요?"

"그러게요. 강아지를 좀 맡아달라고 카페에 부탁을 했으니……."

카페 손님 중의 한 명이 범인이 아닐까, 아니면 다른 동네에서 온 청소년들이 훔쳐 갔을까? 전문 털이범이 이곳에도 있는 것일까? 이사 온 지 한 달 동안 나는 머릿속으로 추리소설을 써댔다. 도대체 이렇게 많은 사연을 숨긴 사람들이 살아가는 동네가 하늘 아래 있다는 것이 신기할 정도였다.

우리 가족은 그동안 이웃을 모르고 살아왔다. 아파트에 살던 10여 년간 사귄 이웃이라고는 잠실에 아파트만 세 채를 갖고 있던, 래브라도 레트리버와 살던 아주머니와 신림동에서 사귄 서정이네, 그 옆집에 사는 우유 아줌마가 전부였다. 서정이와 큰아이는 친구였지만 서정이가 용인으로 이사를 가는 바람에 헤어졌다. 우리는 길거리나 아파트 복도에서 얼굴을 마주치면 목례를 하는 정도였다.

"여긴 평범한 사람은 살지 않는 곳 같아. 우리가 가장 평범해."

사람 사는 것을 하나하나 들여다보면 평범하다는 말이 얼마나 앞뒤 안 맞는 말인지 알게 된다. 또, 그것이 얼마나 축복받은 말인지도. 우리의 이웃들을 보니 우리의 평범함이 너무나 다행스러웠다. 한편으론 우리의 이웃들은 또 우리를 어떻게 볼까 궁금하기도 했다.

우리 가족에게 남모르는 사연이 있다면 큰아이는 아토피, 작은아이는 아토피에 천식이라는 것, 남편과 내가 늘 편두통을 앓고 사는 작가 부부라는 것 정도였다. 그것도 굳이 들추어 말하자면!

꿈에
그리던
텃밭

　　　　　　　알알하고 쌉싸래하고 사각사각거리는 것
들. 혀의 감각은 오래전의 기억도 방금 먹은 것처럼 생생하게 끄집어
낸다. 문호리로 이사를 가기 전부터 우리는 입맛부터 다셨다.

"너희들, 먹고 싶은 것 있으면 다 말해봐. 우리 이제 텃밭을 가꿀 거
야."

아이들이 다니는 어린이집에는 텃밭이 있었다. 아이들은 그곳에서
가꾸어본 채소들을 심자고 했다. 상추, 배추, 열무, 고추, 무, 쑥갓, 가
지, 감자, 호박, 토마토, 딸기, 참외, 수박, 완두콩, 옥수수, 강낭
콩……. 아이들은 알고 있는 거의 모든 채소들을 열거했고, 남편은 그
모두를 심겠노라고 공약했다. 아이들은 저녁마다 배를 깔고 텃밭에다
심고 싶은 채소들을 그림으로 그렸다. 아이들과 나는 밤이면 밤마다
드넓은 들판에다 무엇을 심을 것인지 구상했다. 밭 가장자리에는 키

가 제일 큰 수수와 옥수수, 그 앞에는 참외와 수박을, 그 앞으로는 가지와 고추 같은 열매를, 그 앞줄에는 토마토를……. 우리는 영주처럼 채소들에게 자신에게 맞는 영토를 하사하는 꿈을 꿀 정도였다.

매일 그림을 그려대는 아이들보다 더 들뜬 사람은 남편이었다. 시골서 농사를 지어본 남편은 삽짝을 돌아 나가 오이와 풋고추를 따 와서는 샘물에다 던져 놓았다 물에 만 찬밥과 함께 장에 찍어 먹던 그 풋고추 맛을 잊지 못했다.

붉은 벽돌집 전세계약서에 도장을 찍은 다음 날부터 남편은 틈만 나면 문호리로 향했다. 하루가 멀다 하고 밭을 일구고 씨를 뿌리러 갔다.

"나도 가볼래."

"가면 놀랄 텐데……."

양수리에서 문호리로 가는 길, 버드나무들이 줄지어 선 그 길로 접어들자 버드나무 가지들은 연둣빛으로 물이 올라 낭창거리고 있었다. 강물은 눈높이에서 찰랑거리며 따라왔다. 이렇게 아름다운 곳에 산다는 것만으로도 머리와 눈이 한 겹 때를 벗고 맑아지는 기분이 들었다. 우리가 살 집인 붉은 벽돌집은 새로 리모델링을 한 까닭에 깔끔했다.

그러나 밭으로 향한 길로 접어들자 아연실색했다. 남편이 놀랄 거라고 한 것은 바로 이 때문이었다. 우리가 텃밭을 가꿀 흙은 자세히 보니 돌이 많은 공사장의 폐흙이었다.

이곳 사람들은 집을 지을 때 땅을 주변보다 높게 돋운다. 모두들 보다 좋은 전망을 차지하기 위해 경쟁적으로 땅을 돋우는 바람에 길보다 집이 한참씩 높아졌다. 우리 집 주인도 공사장 폐흙으로 땅을 50센티미터쯤 돋워놓았다. 공사장 폐흙 아래에는 동네에서 가장 기름진 검은 흙이 숨어 있었다.

"저런 데다 뭘 심어도 괜찮은가?"

"되겠지. 흙만 있으면 농사는 돼."

"오염된 흙인데……."

"아니야, 흙을 파보면 안 그래. 밭을 일구려면 흙을 아래위로 섞어서 바꿔야지."

남편은 빨간 고무가 코팅된 목장갑을 끼고 흙 속에서 부직포, 못, 유리병, 캔, 비닐 같은 쓰레기를 캐내 커다란 봉투에다 담았다. 허리를 잔뜩 구부린 채 우리는 하루 종일 밭에서 쓰레기를 골라내고 아래에 있는 검은 흙을 위로 파 올리는 작업을 한 달 가까이 했다. 멀리서 보면 아마도 밀레의 이삭줍기 그림처럼 목가적으로 보였을 것이다. 남편은 쓰레기를 골라내면서 돌도 골라내었다. 골라낸 돌로 석축을 쌓아 밭의 경계를 만들자 제법 그럴싸해 보였다. 우리는 문호리로 갈 때마다 단골 한의원에 들러 한약을 달이고 남은 찌꺼기를 얻어다 밭에다 뿌렸다.

강낭콩 완두콩 오이 호박 참외 당근 파 쪽파 열무 무 배추 쑥갓……. 오십 평쯤 되는 텃밭에 삼십 가지도 넘게 심었다. 우리는 풀을 뽑거나 북을 돋워주고 호미로 흙을 긁어 땅이 숨을 쉬게 만들었다. 저녁나절 어슬렁거리며 텃밭에 가는 게 장보기였다. 슈퍼에서 사 먹는 것보다 돈이 더 들었을 뿐 아니라 하루에 두 시간 가까이 노동을 해야 했지만, 키우는 재미에 매년 텃밭을 가꾸었다.

이사를 가기 전 두 달 동안 우리 가족은 제법 넓은 땅을 밭으로 만들었다. 조각보처럼 여기 조금, 저기 조금 만들어진 밭. 아마 실제 텃밭의 넓이는 한 오십 평 정도 되었을 것이다. 어느덧 밭은 조금씩 모양을 갖춰갔지만, 텃밭 농사는 녹록지 않았다. 4월 초순부터 서울서 부지런히 모종을 사다가 심었건만 모두 죽어버렸다. 아침저녁의 기온차를 견디지 못한 듯했다.

"동네 할아버지가 지나가다가 모종을 심기에 좀 이르다고 하더니……, 일주일 먼저 심었다고 다 죽네."

"그러게. 여긴 추운 곳인가 봐. 서울 모종이라 약해서 그럴 수도 있겠지. 이번에는 양수리에서 모종을 사봐야겠어."

우리가 이겨내야 할 가장 큰 어려움은 흙이 찰기라고는 없는 것이었다. 흙에 공사장의 모래나 마사가 섞이다 보니 물을 품지 못했다. 하루에 몇 번씩 물을 주어도 모종을 살릴까 말까 한데 이틀에 한 번씩 가서 물을 주다 보니 모종들이 시들거렸다.

"벌써 네 번을 심었는데 다 실패했어. 이제 씨를 심어봐야겠어. 먼저 모판 같은 데다 발아를 시켜서 나중에 옮겨 심는 거야. 아니면 그냥 밭에다 씨를 뿌리거나. 여기 사람들은 모종을 심지 않고 그냥 밭에다 씨앗을 뿌린대."

따뜻한 온실에서 싹을 틔워 밭에다 옮겨 심으면 온실과 다른 환경

탓에 모종들이 몸살을 했다. 작은 이파리 하나가 제 무게를 가누는 일이 갓난아기가 땅에 발을 디디고 서는 것만큼이나 어려운 일이라는 것을 새삼 깨달았다. 바람과 갈증, 기온차를 견딘 싹들만 살아남았다. 쉽게 싹을 틔우지 않은 모종일수록 강했다. 온실에서 싹을 틔운 모종은 열 포기를 심으면 열 포기가 죽었고, 모판에다 발아를 시켜서 옮겨 심은 모종은 열 포기를 심으면 두세 포기가 살아남았고, 밭에다 씨앗을 뿌려 싹이 튼 경우는 대부분 살아남았다.

고난은 생명의 어머니이며, 실패는 적응의 어머니였다. 씨앗이나 모종은 심는 때가 있다는 것, 농사의 때를 정확히 아는 사람은 동네 할아버지 할머니같이 농사를 짓는 원주민이라는 것, 모종을 심는 것보다 씨앗을 직접 밭에다 뿌리는 게 훨씬 생명력이 강하다는 사실을 우리는 실패를 통해 배웠다. 농사의 기술이란 토양과 기후에 따른 무수한 경우의 수를 경험해 나가는 과정이었다. 손바닥만 한 텃밭을 가꾸는 것도 농사는 농사였다. 그리고 그 농사는 4월부터 시작되었다.

느티나무에
그네를
매다

아이들을 위해서 남편이 가장 먼저 한 것은 그네 매기였다. 아이들에게는 문호리에 이사를 온 뒤부터 하루하루가 놀라움의 연속이었다. 이사한 지 일주일도 안 되어 그네를 갖게 되었으니 말이다. 그것도 놀이터에 있는 쇠로 된 그네가 아니라 나무에 매어진 진짜 그네를!

그네는 이틀에 걸쳐서 만들어졌다. 남편은 4분의 3박자 할아버지 집에서 묵은 짚단을 한 아름 얻어 왔다. 개목사님 집에서 굳게 뻗은 플라타너스 가지를 갖고 와서는 30센티미터 길이로 잘랐다. 먼저 막대기 두 개를 짚으로 엮어 발구름판을 만들었다. 그런 다음 양수리에 나가 밧줄을 사 와서 길 건너에 있는 느티나무에다 묶었다. 우리 집에서 가장 큰 나무는 향나무였지만, 향나무 가지는 아이가 매달리자 심하게 흔들렸다. 근처에 그네를 맬 만한 나무라고는 길 건너편에 있는,

개목사님이 문호리에 온 첫해 심은 느티나무밖에 없었다. 열다섯 살쯤 되는 느티나무는 제법 둥치가 실했다.

'길손은 쉬어 가시오.'

느티나무에는 붓글씨로 커다랗게 쓴 나무판이 매달려 있었다. 남편은 그 느티나무에 그네를 매었다.

아이들은 밥숟가락을 놓자마자 그네로 달려갔다. 며칠 안 되어 아이들은 직박구리가 꼬리를 까딱거리는 것처럼 그네를 탈 수 있게 되었다. 나뭇가지 사이로 아이들이 깔깔거리며 숨었다 얼굴을 내밀었다 했다. 나는 책을 들고 나무 그늘로 가서 아이들이 그네를 타는 것을 지켜보곤 했다. 지나가는 할머니나 할아버지 들이 있으면 아이들은 고개를 뒤로 꺾고 목청껏 소리치며 그네를 더욱 크게 굴렀다.

"와, 하늘이 움직인다!"

"언니, 진짜 하늘이 막 움직이네!"

동네는 아이들 덕분에 활기가 돌았다.

그러나 그네타기의 즐거움은 얼마 가지 못했다. 개목사님 집에 드나들던 손님 중에는 박 목사라 불리는 사람이 있었다. 젊은 시절에 음악을 했다는, 꽤나 유명한 사람이었다. 박 목사는 얼마 지나지 않아 우리 집의 공공의 적이 되어버렸다. 하필이면 그는 아이들의 그네가 매어져 있는 나무 아래에다 텃밭을 일군 것이다. 아이들이 모종을 밟을

15년쯤 된 느티나무는 마치 아이들을 한 팔에 하나씩 안은 것처럼 그네를 매달고 있다. 처음 그 자리를 빼앗긴 아이들은 더 이상 그네로 가지 않았다. 아이들이 더 이상 오지 않는 그네는 을씨년스러웠다.

세라 텃밭 주변에다 비닐끈으로 친친 울타리를 쳐버렸다. 덕분에 아이들은 그네 근처에 갈 수 없었다.

작은아이의 그네가 매어져 있던 느티나무 그늘 아래에는 옥수수 두어 포기, 상추 배추 같은 모종이 오종종하게 자라고 있었다. 초보 농사꾼인 박 목사는 모종을 사다가 심어 놓고 열심히 김을 매고 물을 주고 있었다. 농사는 그의 즐거움이었지만, 그의 즐거움은 아이에게 말할 수 없는 상처를 안겨주었다. 탈 수 없는 그네를 멀찍이서 바라보면서 작은아이는 눈물을 뚝뚝 흘렸다. 남편은 건너편 나무에다 그네를 다시 매어주었지만 작은아이는 빼앗긴 자기 자리를 보며 서럽게 울었다.

나는 작은아이의 그네가 떼어지는 순간부터 박 목사를 외면했다. 몇 평 안 되는 텃밭 때문에 아이들의 그네를 자른 위인으로밖에 보이지 않았다. 박 목사 부부에게는 아이가 없었다. 다정한 그의 부인도 짚으로 조잡하게 엮은 그네가 아이들에게 얼마나 중요한 것인지 모르는 모양이었다. 까마귀들이 반짝이는 것이 보이면 설령 그것이 병조각이라 하더라도 물어 가서 집을 짓듯이 저마다의 보물은 따지고 보면 보잘것 없어 보인다. 아무리 그의 보물이 쭉정이만 심긴 텃밭인 것을 인정하려고 해도 안 되었다. 이미 느티나무는 아이들의 놀이터였고, 텃밭을 만들면 아이들이 그네를 못 탄다는 것쯤은 알면서도 그네 바로 밑에다 텃밭을 만든 그의 욕심을 이해할 수 없었다.

그는 우리 가족에게 사과를 했다. 그렇지만 그에 대한 섭섭함과 노여움은 풀리지 않았다. 그가 진정으로 사과를 했다면 몇 포기 안 되는 모종을 한나절 만에든 두 나절 만에든 옮겨 가야 하는 것 아닐까, 라고 생각했다. 그러나 그는 텃밭 주변에다 더욱 튼튼하게 울타리를 쳐

놓았다. 그 사이 그의 농작물이 더 자라 더 큰 울타리가 필요했기 때문이다.

"그만 좀 해. 사과했잖아."

"그만 못 해. 사과를 한 거야? 사과하는 척한 거지. 진짜 사과했다면 아이들 걸 돌려줘야지. 안 그래? 난 절대 앞으로 아는 척 안 할 거다."

박 목사가 느티나무 아래에 나타난 걸 보고 현관문을 쾅 하고 닫고 들어온 내게 남편은 싫은 소리를 했다.

동네 할아버지들도 박 목사를 곱게 보지는 않았다. 동네 할아버지들은 개목사를 탐탁지 않게 여기기 때문에, 그 집을 들락거리는 박 목사 역시 탐탁하게 볼 리 없었다. 가끔 아이들에게 더 이상 그네 안 타냐고 묻는 것으로 미루어, 아이들이 그네를 타는 것이 할아버지들의 좋은 구경거리였던 모양이다. 동네에서 20여 년 만에 들리는 아이들의 웃음소리라고 하셨으니!

아이들은 그네를 옮겨 매자 더 이상 그네를 타지 않았다. 느티나무는 다시 어쩌다 한 사람씩 잠깐 나무에게 눈길을 주는 길손만 받게 되었다.

가을을 지나자 박 목사의 차도 더 이상 오지 않았다. 그네는 여전히 매달려 있었고, 간혹 아이들은 생각이 나면 그네로 달려 갔다. 그러나 하늘을 간질이는 것 같은 깔깔대는 웃음소리는 더 이상 들리지 않았다.

직박구리의
집

'집이 수상하다.'

이사한 지 한 달도 채 안 되어 나는 수상한 기척을 느꼈다. 아침에 일어나서 밥을 할 때마다 마치 머리 위에서 누군가가 내려다보고 있는 듯했다. 미세한 기척이 느껴져 신경을 집중하면 그 순간 뚝 끊어졌다. 머리 위에 그리마나 거미가 있는지 살펴보기 위해 고개를 들면 시치미를 뗀 것처럼 천장 위가 잠잠했다. 21세기에 귀신이 있을 리는 없고 도대체 범인이 누구인지 궁금하기 짝이 없었다.

"주방 천장 위에 뭐가 있는 거 같아."

"천장에 뭐가 있겠어. 쥐가 사나?"

"쥐는 아니야."

수선스런 쥐는 분명히 아니었다. 그 기척은 벌레의 기척처럼 예민했다. 주방 창밖으로 푸릇푸릇한 잎들이 넓어지면서 문득문득 천장을 쳐다보는 일이 잦아졌다. 커피를 끓이면서 밥을 하면서 숨죽인 존재가 누굴까 생각하곤 했다. 이 낡은 집에는 우리 말고도 여러 세대가 산다는 것쯤은 알고 있었다. 쥐도 살았고, 뱀도 살았고 그 기척의 주인공도 살았다.

천장 위에 새가 둥지를 틀었다는 걸 안 것은 아마도 알에서 새끼가 부화한 다음이었을 것이다. 가장 먼저 발견된 증거는 벽돌담 아래 있는 흰 새똥 자국이었다. 새들은 날아갈 때 몸을 비우기 위해서 똥을 싼다. 그러므로 똥이 있는 자리는 새가 방금 전에 날아간 자리다. 똥은 제법 기다랗게 흰 자국을 남겼다. 새가 어느 정도 크다는 뜻이었다. 참새나 그보다 작은 휘파람새의 똥은 좁쌀을 흩뿌린 것 같다.

"굴뚝새일까? 저것도 알고 보면 굴뚝이잖아."

"아니, 그것 말고 좀 더 큰 새일 거야."

굴뚝새보다 큰 새일 것 같다는 나의 직감이 맞았다. 남편과 나는 마당의 전깃줄에 앉아 있는, 중간 크기의 고구마만 한 검정 새를 의심의 눈초리로 바라보았다. 이 녀석은 앞마당과 뒷마당 사이를 쉬지 않고 날아다녔다. 아마도 먹이를 잡는 모양이었다. 아니나 다를까 며칠 뒤 그놈은 현장에서 걸렸다. 남편은 멀리서 후드와 연결된 연통을 뚫어져라 지켜보다 직박구리가 드나드는 것을 목격했다.

"그놈 참. 새들은 대단해. 주변에 아무도 없는데도 경계를 늦추지 않더라고."

　먹이를 문 직박구리가 앞마당에서 뒷마당으로 와서는 배나무 향나무 개복숭아 나뭇가지 사이를 어지럽게 옮겨 다니다가 어느 순간, 연통 속으로 들어가더라는 것이다.

　직박구리 어미는 그때쯤 아무리 조심을 하려고 해도 소리가 새어나오는 걸 막을 수 없었다. 새끼들이 연약한 소리로 울어대기 시작했던 것이다. 아마도 내가 처음 기척을 느꼈을 때는 알을 품을 때거나 둥지를 지을 때쯤이었나보다.

　우리 집 천장에 사는 직박구리를 우리 가족은 진심으로 환영했다. 그래서인지 녀석들은 더 이상 조심스럽지 않았다. 누가 새들을 예민하고 조심스런 존재라고 했는가? 직박구리 가족은 하루하루 지나면서 어릴 적 천장 위에서 설치던 쥐들보다 더 시끄러웠다. 걸음마를 처음 하는 아이들처럼 푸덕거리는 소리가 끊이지 않았다. 그런 새끼들을 건사하는 직박구리 엄마에게 애잔한 정을 느낄 정도였다. 날갯짓을 연습하는지 푸덕거리는 소리가 하루 종일 들리다 보니 식구들 모두 환청에 시달릴 지경이었다. 얼마 지나지 않아 싸우는 것처럼 꽤나 공격적인 소리들도 들렸다. 새끼들은 이제 무서울 게 없는 모양이었다. 그때쯤 벽돌 벽은 새똥으로 얼룩덜룩해지기 시작했다. 나는 이틀에 한 번은 물뿌리개에다 물을 담아 수세미로 벽을 씻었다. 바로 지척에

집 안 곳곳에다 가을이면 모이대를 만들었다. 봄에 우리 집에 오는 새
는 딱새, 멋쟁이새, 되새같이 고운 소리로 노래를 부르는 새들이 많았
다. 작은 새들은 까치나 비둘기와 달리 경계심이 많아서 언제 왔다 가
는지 모르게 먹고 가곤 했다.

사는 뱀이 벽을 타고 오르지나 않을까 걱정이 되어 하루에도 몇 번씩 보초를 서러 나갔다.

"걱정도 팔자다. 뱀은 저기 못 올라가."

"아니야. 올라갈 수 있어. 뱀은 유리창도 안 미끄러지고 올라가."

직박구리 둥지 입구는 아이들이 반나절 동안 보초를 서다시피 했다. 아이들은 새 새끼들을 보겠다고 하루 종일 고개를 치켜들고 있었다. 그러다 새똥이 떨어진다고 해도 막무가내였다.

그러던 어느 날, 아이들은 남편과 작당해서 기어이 사고를 치고 말았다. 평화롭던 둥지를 엿본 것이다. 남편은 아이들 성화에 못 이긴 나머지 연통 아래에다 큰 항아리를 엎어 놓고 그 위에 올라가서 아이들을 하나씩 번쩍 들어 올려 연통 속을 구경시켰다. 컴컴한 그 속에서 무엇이 보였는지 모르지만, 아이들은 새끼 새를 봤다고 으쓱댔다. 직박구리 어미의 날카로운 울음은 한동안 계속되었다. 그런데도 아이들은 날마다 새를 보여달라고 남편에게 졸라댔다.

"너무 자주 보면 엄마 새가 스트레스 받아. 엄마 새는 너희들이 자기들을 잡아먹으러 오는 괴물로 보일 거야."

나는 짐짓 무서운 얼굴로 아이들을 협박했다.

그러는 사이 주방 천장 위에서는 하루하루 역사가 이루어지고 있었다. 언제부터인지 모르게 새끼들의 비행이 시작된 것이다. 새끼들이 나는 소리가 난 지 며칠 지나지 않아 둥지는 텅 비었다. 천장에서는 더 이상 아무 소리도 들리지 않았다. 대신 마당을 가로지르는 전깃줄에는 칠흑같이 검은 어미와 달리 옅은 검정색의 직박구리 새끼 세 마리가 다소곳이 앉아 있곤 했다. 가족사진을 찍는 것처럼 다섯 마리의 직박구리가 나란히 앉아 있는 것을 보니 가슴 한편이 뭉클했다.

"너희들은 집세 내야 해."

그러나 우리는 세입자들에게 빡빡하게 구는 나쁜 주인은 아니었다. 그들은 여전히 우리 집 앞마당과 뒤뜰에다 허락 없이 똥을 싸, 붉은 벽돌벽에는 늘 똥칠이 되어 있었다. 눈치 없는 직박구리들은 전깃줄 위에 앉아서 4분의 4박자로 옆으로 두 번 아래위로 두 번 꽁지깃을 흔들며 신나게 트위스트를 추어댔다. 보통 새들이 꽁지깃을 앞뒤로 까딱까딱 움직이는 것과 비교하면 직박구리들의 몸짓은 요란한 데가 있었다. 아이들은 금세 직박구리의 트위스트를 따라 했다. 직박구리가 전깃줄에 앉아 있으면 냅다 엉덩이를 뒤로 빼고 전후좌우로 흔들어댔다. 전깃줄에 앉은 직박구리 가족 또한 인간 가족을 내려다보며 방정맞다고 생각했을지도 모른다.

직박구리 덕분에 우리는 새똥을 관찰했다. 집 안 구석구석을 돌아보니 새똥이 제법 눈에 띄었다. 쥐똥나무 근처에는 모래알만큼 작은 새똥이 수없이 뿌려져 있었고, 마당에는 제법 커다란 물똥 흔적이 남아 있었다. 마당의 똥은 까치의 똥이고, 쥐똥나무 울타리의 똥은 딱새나 굴뚝새의 똥이었다. 직박구리는 매년 연통에 찾아왔다. 덕분에 생선을 구우면서도 렌지후드를 쓰지 못했지만 그들은 늘 반가운 봄손님이고 우리 집 터줏대감이었다.

우리는 직박구리 가족을 맞아보니 좀 더 많은 새 가족을 맞고 싶은 욕심이 생겼다. 아이들과 남편은 예닐곱 개의 새집을 만들어, 두 그루의 단풍나무와 향나무에 매달아 놓았다. 그러나 아무도 새집을 이용하지 않았다. 직박구리는 매년 연통을 찾아오고 딱새 같은 작은 새들은 어디에서 새끼를 치는지도 모르게 와서는 몇 달씩 집 주변에서 머물다 갔다.

항아리 속의 물고기들은 어디로 갔을까?

직박구리가 새끼들을 거의 다 키워갈 즈음 개목사님은 투망을 어깨에 메고 동네 길을 왔다 갔다 했다.

"좀 건졌어요?"

누군가 말을 걸기라도 하면 그때부터는 꼼짝없이 20분은 길 가운데서 있어야 한다. 개목사님은 제대로 된 민물고기 매운탕을 한번 먹어보고 싶어하는 남편을 늘 들쑤셔놓았다. 어느 날 두 사람은 작당을 했다.

"개목사님 배를 타고 투망 던지러 가. 잠깐 갔다 올게."

"안 돼. 나 서울 가야 해."

서울 갈 핑계라도 없었으면 어떻게 되었을지 아찔했다. 개목사님의 배는 안 봐도 눈에 선했다. 낡은 배를 타고 나간 남편을 하염없이 기다리는 아낙은 되고 싶지 않았다.

그날 저녁 흠뻑 젖은 개목사님은 양동이를 들고 나타났다. 멀리서도 물비린내가 훅 하고 풍겼다. 아이들은 목사님 곁으로 몰려들었다.

"지엽이랑 소엽이 주라고……."

몸에 점박이가 있는 놈, 수염이 달린 놈, 전체가 새까만 놈, 미꾸라지 같은 놈, 모두 고만고만한 게 민물고기 매운탕에 들어가면 딱 알맞을 크기였다. 그날 개목사님은 얼마나 큰 메기를 건져 올렸는지 자랑을 하면서 물고기들의 생태에 대해서 아이들에게 신나게 이야기해주었다.

아이들이 한 번씩 물고기를 돌려가면서 보고 나자 그는 마침내 양동이를 내게 내밀었다. 나는 얌전히 받아 들고 그 물비린내를 풍기는 물고기들을 마당에 있는, 100년은 족히 된 장항아리 속에다 넣었다. 항아리 속에서 물고기들은 평화로워 보였다. 천천히 헤엄을 치다 모두들 부레옥잠 뿌리 아래로 숨어버렸다.

항아리에서 물고기를 키우기 시작하자 아이들은 더 많은 물고기를 잡아다 항아리에 넣고 싶어했다. 하루에 한두 번씩 아이들이 물에 젖은 발로 뛰어 들어와서는 된장을 달라고 소리쳤다.

투명한 통 안에 된장을 넣고 위에 랩을 씌운 다음 작은 구멍을 내놓으면 된장을 먹으러 들어간 물고기가 나오지 못했다. 된장을 넣은 길쭉한 통은 일종의 통발이었다.

"된장 통 만들기 너무 귀찮아. 이것 갖고 가. 이게 더 잘될 거야."

나는 뜰채처럼 사용하라고 국자처럼 생긴 작은 거름망을 주었다. 채소를 데치거나 튀김을 할 때 이용하던 채였다. 양동이, 거름망, 된장통, 아이들은 각자 장비를 들고 도랑으로 나갔다. 뒷집 아이들과 우리 집 아이들은 매일 논두렁이나 작은 도랑을 쏘다니며 이름도 모르는 작은 물고기들을 잡아 와서는 항아리에다 넣었다. 덕분에 100년 된 장항아리 주변에는 늘 비 올 무렵 느껴지는 물비린내가 났다. 물고기 비린내로, 그것은 강물의 냄새인지도 몰랐다.

물고기 덕분에 남편의 일이 하나 더 늘었다. 대지가 가장 달아오르기 전부터 시작해서 해가 뉘엇뉘엿 넘어갈 때까지 수시로 나와서 마당과 항아리에 물을 뿌려야 했다. 항아리 속의 물고기가 죽지 않게 하려면 항아리 물속의 온도를 일정하게 유지해주어야 하는데, 흐르는 물이 아닌 고여 있는 물의 온도를 유지하는 일은 생각보다 만만찮았다. 수시로 항아리를 식히지 않으면 물은 금세 따뜻해졌다.

물고기를 키우게 되면서부터 나는 밤마다 텀벙거리는 소리를 듣게 되었다. 자려고 누웠을 때 그 텀벙거리는 소리 때문에 소스라치게 놀라곤 했다.

"밤마다 무슨 소리 안 들려?"

"무슨 소리?"

"글쎄 뭐라고 말은 못하겠지만 뭐가 텀벙대는 소리 같은 것. 짐승이

마당 가운데 있는 꽤나 오래 된 옹기에다 부레옥잠을 키웠다. 다리가
긴 벌레늘이 물 위를 걷곤 했고, 짐자리가 분홍색 기품 같은 알을 낳아
항아리 벽에 붙여놓고 가기도 했다. 이곳은 또한 우렁이의 집이기도
했다. 배추 잎이나 열무 잎을 갉아 먹으며 자란 우렁이는 어느 날 집을
나가버렸다.

오나?"

의문은 곧 풀렸다. 그것은 물고기가 뛰는 소리였다. 물고기는 물을 거슬러 올라간다. 낮 동안에는 항아리 바닥이나 부레옥잠 뿌리 근처에 숨어 있다가 밤이 되면 본성대로 물길을 거스르기 위해서 텀벙거리며 뛰어오르는 것이다.

그런데 항아리 속에 있던 물고기들이 하루가 다르게 없어졌다. 새까맣게 꼬물거리던 작은 물고기들부터 차례로 없어졌다.

"희한하게도 없어지네."

"아줌마, 큰 물고기들이 작은 물고기를 잡아먹나 봐요."

며칠 동안 항아리 속을 뚫어져라 쳐다보던 뒷집 아이가 점잖게 말했다. 뒷집은 아이를 학교에 보내지 않는 대신 홈스쿨링을 하고 있었다.

"작은 물고기들이 불쌍해서 어떡해. 다 꺼내버릴 거야."

"그럼 큰 물고기는 뭘 먹고 사니? 자연의 질서는 하나님이 만든 거야. 너 생태계 배웠잖아."

"그래도 너무 불쌍해."

"그럼 큰 물고기를 굶겨 죽일 거니? 강이나 바다에서 물고기들은 다들 그렇게 살아가고 있어."

징징거리는 큰아이를 뒷집 아이가 달랬다.

항아리에다 작은 물고기를 수백 마리쯤 넣었지만 점점 자취를 감추었다. 큰 물고기도 없기는 마찬가지였다. 힘이 센 검정색 물고기부터 자취를 감추더니 나중에는 아무리 항아리 바닥을 봐도 큰 물고기는 한 마리도 보이지 않았다.

"개목사님이 물고기 도로 갖고 가셨나?"

"말이 되는 소리를 해."

"도대체 이 물고기들은 다 어디로 간 거야? 항아리가 잡아먹나?"

이 수수께끼를 풀기 위해서 항아리에 물고기를 넣어 놓고 밤새 무슨 일이 생기나 지키고 싶은 심정이었다. 도대체 물고기들은 어디로 갔단 말인가? 이 의문은 끝내 풀리지 않았다.

"혹시 밤마다 고양이가 오는 것 아냐?"

"고양이가 어떻게 물고기를 잡아먹는다는 거야?"

"앞에서 기다리고 있다가 물고기가 뛰어오르면 채 가거나 밖으로 떨어지는 놈을 잡아먹을 수도 있잖아. 이 동네에 도둑고양이 많잖아."

물고기를 키운 지 한 달쯤 되었을 때 항아리 속에는 단 한 마리의 물고기도 남아 있지 않았다. 검은 항아리만 딱 입을 벌리고 있을 뿐이었다. 캄캄한 항아리 안에는 부레옥잠만 무성했다.

햇살
좋은 날,
딸기밭에
온 손님

집에는 지킴이들이 있다. 그것이 누렁 뱀이든 검은 뱀이든. 집 지킴이는 새마을 운동과 함께 사라진 존재인 줄로만 알았다. 그런데 우리 집에도 그 집 지킴이가 살고 있었다. 어쩌면 집 주변에 쥐가 많기 때문에 그 천적인 뱀이 있는 것은 당연했다.

딸기밭에 나갔던 남편은 집에 들어와서 딸기밭에 갈 때는 발밑을 조심하라고 몇 번이나 당부했다.

"발밑은 왜?"

"뱀이 있어."

"뱀?"

당장 아이들이 문제였다. 집에 오면 아이들은 딸기밭으로 직행해서 딸기를 따 먹으며 놀곤 했다. 세상에서 가장 어여쁜 것은 6월의 딸기 같았다. 하루가 다르게 초록 이파리 속에서 익어 슬쩍슬쩍 이파리를 들출 때마다 빨갛게 익은 뺨을 드러냈다. 반지 같기도 하고 사탕 같기도 했다. 딸기가 익어가는 속도를 따라잡기 위해 아이들은 안간힘을 썼다.

"아이들 어떻게 해? 설마 독사는 아니겠지?"

"그냥 뱀이야. 구렁이."

"어떻게 알아? 몇 마리야?"

"두 마리. 시골에서 흔한 뱀이야."

"그렇다면 더 있을 수도 있겠네."

"작은 풀뱀도 한 마리 봤어."

"그럼 세 마리야?"

"더 되겠지? 눈에 안 띄어서 그렇지."

남편은 대수롭지 않다는 듯이 뱀 이야기를 했다. 쥐똥나무 울타리 밑 어디쯤에 뱀의 집이 있을 것이었다. 쥐똥나무 울타리 아래는 논이라서 뱀이 살기에 좋은 조건이다. 우리 집 딸기밭에 뱀이 없으면 이상할 터였다. 주변에 쥐들과 개구리가 많은데다가 주변 논보다 상대적으로 한참 높아서 습기가 차지 않고 햇볕도 잘 들었다. 게다가 쥐똥나무 울타리와 취나물과 딸기 덕분에 은신하기에도 적당했다. 남편은 쥐똥나무 울타리 뿌리 어디쯤에 뱀 굴이 있을 거라고 짐작했다.

뱀을 눈으로 확인해보고 싶었지만, 내 눈에는 띄지 않았다. 마침내 나는 남편이 말하는 뱀 삼총사와 마주쳤다. 그날은 따가운 볕에 눈꺼풀이 자울자울한 날이었다.

"나와봐. 뱀이 있어."

까치발로 뒷마당으로 가보니 약속이라도 한 듯이 뱀 세 마리가 모두 나와 따리를 튼 채 초여름 햇볕 아래서 해바라기를 하고 있었다. 가래떡 굵기의 검은 뱀, 어린아이 팔뚝 굵기의 누렁 뱀 한 마리, 옆에는 작고 알록달록한 뱀 한 마리가 딸기 잎 뒤에 숨어 있었다. 뱀들은 햇볕에 취한 듯 미동도 하지 않았다. 인간의 기척을 못 느낄 만큼 뱀들이 둔한 것인지, 아니면 우리가 저희들을 해칠 의도가 없다는 것을 알고 방심하는 것인지……

문제는 딸기밭에 수시로 드나드는 아이들이었다. 무성한 딸기 잎 아래 뱀이 숨어 있기라도 하는 날이면 뱀이나 아이나 혼비백산하기는 마찬가지일 터였다. 딸기밭 근처에 가면 후닥닥 딸기밭에 들어가지 말라고 주의를 단단히 주었다.

"엄마 뱀이 어떻게 생겼어요?"

"뱀이 뱀이지, 길게……."

"그러니까 어떻게 생겼냐고요? 나도 한번 보고 싶어요."

"엄마 나도."

아이들은 겁을 내기는커녕 어떻게 생겼는지 사진이라도 찍어서 보여

달라고 성화였다. 그날부터 아이들은 뱀을 발견하기 위해 딸기밭을 기웃거렸다. 그러나 뱀은 아이들과 나의 앞에 모습을 드러내지 않았다.

"왜 우리 눈에는 안 보이지?"

"우당탕탕 다니니까 그렇지. 살살 다녀봐."

남편의 조언에 따라 아이들과 나는 뒷마당 근처에만 가면 생각났다는 듯이 살금살금 걸었다. 내 눈에는 보이지 않는 뱀이 남편 눈에만 잘 보이는 이유가 분명 있을 것이다. 나와 아이들은 집 주변을 돌아다닐 때 뛰듯이 쿵쿵거리며 걷는 반면 남편은 조심스럽게 걸었다.

"쉿, 뱀!"

큰아이는 몇 발짝 떼지 못해서 웃음을 터뜨려버렸다. 뱀은 아이들과 나의 눈을 용케 피해 다녔다. 고양이 탐정, 쥐 탐정, 뱀 탐정이 되어 기척들을 쫓고 싶었지만 우리는 번번이 실패했다.

도대체 뱀들은 언제 어떻게 사냥을 하는 것인지 보고 싶었지만 아이들과 나는 그 이후로 한 번도 뱀을 보지 못했다. 남편만 이따금 뱀을 보고는 우리에게 이야기해주었다. 그리고 초겨울이 될 무렵 여기저기서 벗어 놓은 뱀 허물들을 발견했다. 한꺼번에 네댓 개의 허물을 발견한 적도 있었다. 뱀이 서너 마리 이상이었던 것은 분명했다.

자연을 느끼려면 예민한 촉수가 필요하다. 벌레들은 도대체 무엇을 통해서 인기척을 감지하는지 모르지만, 그 예민함만은 늘 갖고 싶은 것이었다. 만약에 좀 더 예민하다면 이 낡은 붉은 벽돌집이 전하는 이야기를 더 많이 들을 수 있을 것이었다.

도대체 이 집에서는 밤이든 낮이든 우리 가족이 모르는 일이 얼마나 일어날까? 애들과 살금거리며 다니다 보면 이런 의문이 절로 들었다. 개구리가 우는 논에 뱀이 사냥을 하고, 부엉이도 날아오고, 두꺼비가 어슬렁거리고, 밤고양이들이 돌아다닐 것이다. 보이지 않는 곳에서 내가 모르는 생명들이 살고 있다고 생각하면, 눈에 보이는 삶은 보이지 않는 삶에 비해 아주 작은 부분 같았다.

두꺼비의
방문

          우리 집은 장마가 시작되자 개구리의 천국이 되었다. 엄지손톱만 한 풀색의 작은 개구리와 그보다 조금 큰 청개구리가 우리 집 주변에 많았다. 근처 논에선 모내기를 하려고 논에 물을 대자 개구리가 시끄럽게 울어댔다. 집 옆과 뒤에 있는 논에서 울어대는 개구리들이 마치 집을 들었다 놓았다 하는 것 같았다. 그렇지만 나는 이 초록 양서류들이 밉지 않고 오히려 반가울 정도였다. 밤에 왁 왁거리는 소리를 듣고 있으면 이상한 고요와 평화가 찾아왔다.

    그날도 아침나절부터 커피 잔을 들고 단풍나무 아래에 있는 평상으로 갔다. 단풍나무 뿌리 근처로 눈길을 주던 나는 작은 돌 위에 웅크리고 앉아 있는 두꺼비 녀석과 눈이 딱 마주쳤다. 커다란 감자 같은 녀석은 내 눈길을 피하지 않은 채 오히려 꼼짝도 않고 나를 빤히 쳐다보는 듯했다. 한동안 가만히 나를 바라보던 녀석은 갑자기 어기적거리며 일어나서는 아무 일도 없었다는 듯이 태연하게 단풍나무 뒤쪽 밭으로 가버렸다.

두꺼비에 대한 첫인상은 미녀와 야수에 나오는 야수 이미지였다. 생긴 것과 달리 수줍음 많은 신사! 너무 갑작스럽게 이루어진 만남이라 얼굴을 제대로 익힐 시간도, 기념사진이라도 찍어둘 시간도 만들지 못했다. 그 뒤에도 두꺼비를 몇 번 만났지만 늘 그런 안타까운 만남이 이어졌다. 눈 깜짝할 새 사라지는 것이 아닌데도 이상하게 뒤를 쫓지 못했다.

그러던 어느 날 나는 그 이유를 알게 되었다. 비가 억수로 쏟아지는 날, 두꺼비와 재회했다. 외출을 하고 와서 신발장을 열다 깜짝 놀랐다. 두꺼비는 가장 높은 칸에 넣어 둔, 10년은 된 나의 낡은 가죽 샌들에 편안하게 올라 앉아 있었다. 녀석은 각진 턱을 내밀며 '나를 방해하지 말고 어서 문 닫아' 라고 하는 듯이 제법 완고한 표정을 지어 보였다. 나는 신발장 문을 냉큼 닫은 채 자리를 피해주었다.

"설마 개목사님이 신발장에 두꺼비를 갖다 놓은 건 아니겠지?"

"말이 되는 소리를 해. 개목사가 우리 집에 왜 와?"

도대체 두꺼비는 어떻게 닫힌 신발장 안, 그것도 내 키보다 높은 곳으로 들어갈 수 있었을까? 몰래 현관으로 들어온 두꺼비가 혼자 있기 좋은 곳을 찾아서 신발장 안으로 들어갔다 해도 풀리지 않는 의문이었다. 뚱뚱한 몸과 짧은 다리를 가진 굼뜬 두꺼비가 그 높은 곳까지 올라가는 것을 상상할 수 없었다.

아이들은 새로운 손님에 대해서 놀라지 않았다. 이미 놀면서 밭이나 화단 근처에서 몇 번 인사를 한 모양이었다. 작은놈은 끈적끈적한 점액과 화산 같은 등딱지를 가진 이 녀석을 큰 개구리쯤으로 생각했다. 개구리를 손안에 넣고 조몰락거리는 걸 좋아하는 작은아이는 두꺼비도 잡으려고 했다.

"두꺼비와 개구리는 달라. 개구리 형님이 두꺼비가 아니야. 두꺼비는 등에서 독이 나와. 그러니까 절대로 잡지 마. 알았지?"

"두꺼비 독을 사람이 만지면 죽어?"

"아니. 사람이 죽지는 않아. 그래도 애들에게는 위험할 수도 있어."

두꺼비 등에서는 독이 나오고, 그 독 묻은 손으로 눈을 비비면 눈이 먼다는 이야기는 거짓말이다. 최소한 우리나라에 사는 두꺼비 중에서 치명적인 독을 가진 두꺼비는 없다. 아이가 걱정 되어서 독이 있다고 거짓말을 한 게 아니라 두꺼비를 위해서 거짓말을 했다. 두꺼비에게 작은 녀석에게 주물럭거림을 당하는 스트레스를 주고 싶지 않았다. 두꺼비는 무엇보다 애완용이 아니다. 사람이 두꺼비를 사랑하다고 해도 서로 친해질 수 없는 사이다. 동물을 겁내지 않는 작은 녀석이 두꺼비를 잡아서 쓰다듬더라도 두꺼비가 작은 녀석의 사랑을 받아줄 수는 없지 않겠는가. 은둔자처럼 숨어 다니는 이 녀석이 사람의 손길을 즐기겠는가? 나는 작은아이를 붙잡고 단단히 일렀다.

"너, 절대로 두꺼비 만지지 마. 두꺼비는 만지는 걸 아주 싫어해. 어쩌면 스트레스 받아서 아플지도 몰라."

"엄마가 어떻게 알아?"

"싫어하는 거 맞아. 너 저번에 개구리 쥐고 있었더니 개구리가 기절했잖아. 두꺼비도 그래! 그 녀석도 양서류로 피부로 숨을 쉬거든."

축축하고 검은 몸을 가진 두꺼비는 올 때처럼 갈 때도 흔적을 남기지 않고 갔다. 신발장 속에는 아무런 흔적도 남아 있지 않았다. 은둔자다운 이별의 방식이었다.

우리 집을 찾아온 두꺼비의 방문도 놀라웠지만, 두꺼비를 대하는 아이들의 반응도 놀라웠다. 두꺼비를 보고 징그럽다며 비명을 지를 줄 알았는데 둘 다 열렬히 키우고 싶어했다. 겁쟁이 큰 녀석은 두꺼비의 목을 끈으로 묶어 같이 산책을 다니고 싶어했다.

"엄마, 두꺼비는요, 개구리처럼 팔짝팔짝 뛰지 않아서 같이 산책을 할 수도 있을 거 같아요."

"너 동화책 너무 많이 본 거 아니니? 두꺼비는 사람 말을 안 들어. 그래서 같이 산책할 수 없다고."

"엄만 어떻게 그렇게 두꺼비 마음속을 잘 알아요?"

아이들의 눈에는 그 몰골을 한 녀석의 어디가 매력적이었을까? 그 이후에도 간혹 아이들은 길에서 두꺼비를 발견하면 옆에 서서 나란히 걸었다. 그런데 두꺼비의 집은 어디일까?

열렬한
자연교
신자가 되다!

문호리에 오면서 아이들은 해방을 맞았다. "꺄~" 하고 목청껏 비명 지르기, 쿵쿵거리며 뛰어다니기, 큰 소리로 노래 부르기, 소리를 지르면서 베개싸움 하기 등, 이 모든 것이 아파트를 탈출하고 나서부터 가능해진 일이다. 아파트에 살 때 우리는 층간 소음 때문에 고생깨나 했다. 아래층에는 거실장 여닫는 소리만 들려도 쫓아오던 젊은 부부가 살았다. 밤마다 우리 집에 달려오던 그 부부 때문에 아이들에게 "뛰지 마. 살살 걸어."라고 협박 아닌 협박을 했다. 심지어 잠자고 있을 때 문을 두드리는 경우도 왕왕 있었다. 위층에서 돌리는 청소기 소리가 우리 집 아래층까지 들린 것이었고, 우리 옆집에서 돌리는 전기미싱 소리가 전달되어서 생긴 오해였다. 아파트에서 천방지축 혈기 왕성한 아이 둘을 키우는 것은 악몽이었는데, 악몽에서 해방되자 아이들이나 나나 한동안은 원껏 소리를 질렀다.

아이들은 돈벌레 때문에 비명을 질러댔지만, 어느새 한 박자 늦게 비명이 터져 나오기 시작했다. 마치 공포영화를 보고 있으니 비명을 질러야지 하는 것처럼, 더 이상 공포에 찬 비명이 아니었다. 아이들이 밭 가운데 있는 낡은 집에 적응하는 만큼 집도 아이들에게 선물을 주었다.

한 달쯤 되자 아이들의 피부에 윤기가 돌기 시작했다. 여름이 되기 전에 우리는 달맞이꽃 기름과 달맞이꽃 기름으로 만든 제품, 스티펠사에서 나온 피지오겔 따위의 아토피 제품들, 미국 드럭스토어닷컴에서 산 갖가지 약과 로션들, 한 달을 꽉 채우던 작은아이의 천식 처방전에서 자유로워졌다. 아이들은 환절기에도 감기에 걸리지 않았고 무엇보다 피부가 보들보들해졌다. 물로 대충 씻기긴 했지만 따로 보습제를 바르지 않아도 되었다.

"이곳은 수돗물이 다른가 보다. 아무래도 상수원 보호구역이라서 깨끗한가?"

"물 때문만은 아니겠지. 공기가 다르잖아."

남편의 말대로 공기가 무엇보다 달랐다. 강물에 씻긴 공기는 맑았고, 공기 중의 습도가 높아서 건조하지 않았다. 게다가 방바닥에 누워 있으면 초여름이라도 아침저녁으로는 코끝이 알싸할 정도로 여기저기서 찬 바람이 들어오는 까닭에 따로 환기를 시키지 않아도 되었다.

아이들의 얼굴은 서서히 변하고 있었다. 눈은 빛나기 시작했고, 창백하다 못해 푸른빛이 돌던 피부는 밖에 나가 놀지 않더라도 햇볕을 충분히 받은 덕분에 검게 그을었다. 촌티가 줄줄 흐르는 아이들 덕분에 쇼핑 목록이 그만 바뀌어버렸다. 보습제에서 자외선차단제와 모자로!

"로션 꼭 바르고 모자 쓰고 나가라."

아이들을 따라다니면서 잔소리를 했지만, 아이들은 모자를 집어 던졌다. 모자를 쓴다고 가려질 햇볕이 아니었다. 자외선차단제와 모자는 시골의 햇볕 앞에서는 위력을 잃어버렸다. 아이들은 얼굴뿐만 아니라 속옷 안에 숨어 있는 피부까지 그을어갔다.

여름을 지날 무렵 눈도 코도 구별 못할 정도로 까맣게 그을었다. 놀라운 점은 그 사이에 감기에 걸리지 않은 건 물론 걸리더라도 약 없이 잠깐 며칠 콜록거리고는 말았다는 사실이다. 둘째 아이는 백일이 채 되기 전부터 시름시름 아파 1년 365일 감기를 거의 달고 살았다.

"아가야 너 왜 이렇게 아프니?"

무뚝뚝하기 그지없는 단골 이비인후과 의사가 혼잣말처럼 말했을 때 가슴 밑바닥이 저릿한 적이 있었다.

그랬던 작은아이가 한 달 만에 다람쥐처럼 잽싼데다 기운이 뻗치는 아이로 변했다. 열이 나서 한 달씩 축축 처지던 아이라곤 상상할 수 없었다. 숨을 제대로 쉬지 못해 쌕쌕거리는 바람에 남편과 나는 잠을

늦가을부터 아이들은 일명 '번들번들 시스터즈'가 되었다. 아토피인 아이들의 피부는 차고
건조한 바람에 갈라졌고, 갈라지는 걸 막으려면 밤에 마사지를 해야 했다. 달맞이꽃종자유
는 한때 아토피 치료제로 각광을 받았고, 제품으로 나온 것도 있었다. 간유처럼 커다란 기
름 덩어리였는데, 먹기도 하고 터뜨려서 마사지도 했다.

설치곤 했고, 아이는 아이대로 푹 자지 못해서 하루 종일 짜증을 부렸었다. 예민하고 까다롭다고 생각한 작은아이가 사실은 태평하고 유머가 있는 아이였다.

남편과 나는 만 2년 이상 작은아이 때문에 온갖 민간요법을 다 썼다. 용하다는 어린이 한의원의 약을 먹이거나, 천식에 좋다고 해서 수수엿과 배, 무와 콩나물을 넣어서 푹 고아서 먹였다. 아이가 아픈 것 앞에서는 배운 것, 취재한 의학 상식이 소용이 없었다. 일단 효과가 있다고 하면 귀부터 솔깃해지고 밑져야 본전이라는 심정으로 시도하게 되었다. 그동안 안 써본 요법이 없을 정도로 우리는 아토피와 천식에 대한 민간요법을 꿰고 있었다.

그런데 이사 온 지 한 달 만에 이게 무슨 횡재인지! 남편과 내가 한 것이라고는 아이들을 밖에 풀어놓고 놀게 한 것밖에 없었다. 말없는 자연은 치유자였다. 그뿐만 아니라 나의 병도 많이 치유되었다. 후두염으로 몇 달씩 고생하는 일이 없어졌을 뿐 아니라 편두통도 점점 사라졌다. 예민해서 잠을 못 이루던 남편도 바람 소리 벌레 소리에 귀를 열어놓고 잠을 청하게 되었다. 가족들의 몸의 리듬이 자연스럽게 돌아가는 중이었다. 덕분에 우리는 한동안 서울서 사람들을 만날 때마다 "우리 가족이 이렇게 변했어요."라고 간증을 하고 돌아다녔다. 한동안 열렬한 자연교 신자로서 자연을 전도하는 데 여념이 없었다.

단풍나무를
좋아하는
이유

             우리 집에는 물단풍나무가 두 그루 있고, 단풍나무 아래에는 평상이 두 개 있었다. 평상 뒤 그늘에는 이사 온 해 뿌린 더덕이 3월부터 11월까지 덩굴손을 내밀어 잡히는 것은 무엇이든 타고 올랐다. 먼지처럼 작고 가벼운 더덕씨 속에 저런 초록 기운이 숨어 있다니! 단풍나무 밑의 평상은 찾아오는 손님들로 비어 있는 적이 거의 없었다.

  길에 있는 느티나무 그늘 아래에는 간이 테이블도 있고 의자도 있었지만 동네 할머니들은 우리 집 단풍나무 아래를 더 좋아했다. 길손은 느티나무 아래에서 쉬어 가지 않고 우리 집 단풍나무 아래로 왔다. 할머니 손님들이 머뭇거림 없이 들어와 단풍나무 평상에 자리를 잡곤 했다. 자갈을 밟는 기척과 나지막하게 두런거리는 소리가 들리면 나는 뛰어나가 인사하기 바빴다. 그때마다 밀린 원고 바람에 '올 것이

왔구나'란 심정이었다. 나갈 때는 차만 내려놓고 올 생각이었지만, 그런 경우는 거의 없었다. 대부분 할머니들의 이야기를 듣다 보면 한두 시간은 후딱 지나간다.

할머니들의 레퍼토리는 늘 같았다. 도시에 나가서 사는 당신 자식들 이야기, 우리 집 꽃밭이 곱다는 이야기, 우리 집 아이들이 예쁘다는 이야기. 꽃과 자식이 곱다는 이야기는 할머니들에게서 늘 들어도 질리지 않았다.

단풍나무 아래에 오는 단골손님들 중에서도 최고의 단골을 꼽으라면 뒷집 할머니였다. 할머니는 다리를 수술하는 바람에 한동안 깁스를 하고 다녔다. 깁스를 푼 뒤에는 지팡이를 짚고 절뚝거리며 마을을 산보했고, 산보하는 길에 꼭 단풍나무 아래에 들렀다.

"큰아들은 잠실에서 찜질방을 하고 있는데 요새 잘된대. 큰딸네 애들이 이번에 대학에 갔는데……."

할머니는 농사나 자식농사 모두 성공했다. 그것이 일평생의 훈장이자 자랑이었다. 할머니는 혼자 단풍나무 아래로 오셔서 고시랑고시랑 이야기를 했다. 간혹 친구들과 같이 오기도 했는데, 할머니 친구들은 갈치 꼬리처럼 길쭉한 길을 따라 들어간 안동네에 살았다. 친구들은 다들 시집와서 사귄 이웃사촌이자 갑장이었다.

할머니가 단풍나무 아래를 좋아할 만했다. 단풍나무 아래에 앉아 있으면 사방이 다 보였다. 강도 보이고, 길도 보이고, 동네도 보이고, 집 안도 보였다. 할머니들이 앉아서 도란도란 시간을 보내기 딱 좋았다.

이렇게 무연히 보내는 시간이나 도란도란 시간을 보내는 사람들은 내게 경계대상이었다. 이사를 하기 전에 나는 문호리에 와 있던 선배에게 단단히 교육을 받았다. 시골 생활은 시간을 흘려보내기 딱 좋기 때문에 사람에게나 시간에 빈틈을 주지 말라고 했다. 그런데 나는 석 달도 안 되어 온통 빈틈투성이가 되어버렸다.

"누구하고도 어울리지 마. 어울릴 틈을 주지 마. 틈을 주면 잡초처럼 어느 틈에 비집고 들어와버려. 한번 어울리면 너의 시간이 없어져. 이 말 명심해."

그 선배는 먹을 걸 주면 받지 말고, 인사는 마지못해 하되 절대로 말을 먼저 걸지 말고, 대답은 하되 먼저 물어보지 말며, 길에 다닐 때는 고개를 숙이고 다녀 아는 체를 하지 말라고 했다. 그렇지 않을 경우 우리 집과 남의 집 구분이 없어지고, 시도 때도 없이 찾아와서 사생활이 없어진다는 것이었다.

단풍나무 아래 평상에 손님이 찾아온 뒤부터는 선배의 말처럼 내 시간이 없어져버렸다. 원고가 밀릴수록 마당을 서성이며 머리를 식히고 싶었지만 나갈 수 없었다. 마당을 서성거리다 지나가는 개목사님이나 단풍나무 아래 할머니에게 걸리는 날에는 꼼짝없이 몇 시간을 흘려보

낼 판이어서 나갈 엄두를 못 내는 것이다. 개복사님이나 할머니들은 딱히 해야 할 일이 없지만 나는 늘 시간다툼을 하고 살았다.

불똥은 곧 아이들에게도 떨어졌다.

"애들아, 오늘은 나가지 마."

"엄마? 왜요? 나가고 싶어요."

"너희들이 나가서 놀면 친구들이 찾아오잖아."

아이들의 친구들이 찾아와도 번거롭기는 마찬가지였다. 간혹 친구 엄마들은 우리 집 마당에다 아이들을 내려 두고 가곤 했다. 그때마다 고구마를 튀기든 과일을 깎든 간식을 챙기고 가끔은 놀아주기도 해야 한다.

그러다 보니 나는 점점 방 안에 틀어박히게 되었다. 현관문을 열고 마당에 나가지 않는 날도 많았다.

"이럴 거면 뭐하러 서울에서 이사를 왔어. 그냥 여기 사람들 하는 것처럼 살면 돼."

남편은 틀어박히는 내가 못마땅한 나머지 잔소리를 퍼부어댔다. 시골 사람들이 손님을 맞는 것처럼 쉬어 가고 싶은 사람 쉬어 가게 두고, 잠깐 목을 축이고 싶은 사람 스스로 목을 축이게 하라는 것이다. 수돗물을 그냥 먹어도 되니 수돗가에 바가지만 하나 두면 될 걸, 뭐하러 차를 끓여서 들고 나가냐고 면박을 주었다.

"여기 사람들 그렇게 대접하면 더 부담스러워해."

사람을 반갑게 맞이하는 것. 그것이 시골 사람들의 손님맞이다. 사실은 마음에서 우러나서 반갑게, 어떤 부담도 없이 맞는 것이 더욱 하기 어려운 일이다. 단풍나무처럼 가만히 서서 품을 잠깐 빌려 주는 것 같은.

가끔씩 단풍나무 평상 위에는 빵이 놓여 있기도 하고, 현관 앞에는 무나 배추가 놓여 있기도 했다. 누가 갖다 놓았는지 몰랐다. 누가 갖다 놓았는지는 어쩌면 중요하지 않았다. 누군가 우리 가족에게 나눠 주었고, 우리는 감사히 받으면 되는 것이었다. 단풍나무 아래를 기웃거리거나 단풍나무 아래 평상을 닦을 때마다 단풍나무를 좋아하는 이유가 하나 더 생겼다.

Part 2

아이들의 세상과 어른의 세상

아이들은 도시 티를 벗는 데 한 달도 채 걸리지 않았다. 아파트 담장 안에 살면서 매일 놀이터에 가자고 조르던 아이들은 이제 흙떡을 만들거나 풀잎에 공벌레 같은 벌레들을 매달아 놀거나 개구리를 잡거나 꽃잎으로 그림을 그린다. 하루 종일 놀아도 산과 들은 마치 뒷짐을 진 할머니처럼 손을 내밀고 눈을 감으라고 해놓고는 손안에다 무엇인가를 가만히 쥐어주곤 했다. 그것은 햇빛과 바람과 풀벌레 같은 흔하디흔한 것이었지만 아이들에게는 세상의 전부였다.

늙은
행복한
기억을
할거야

　　　　　　　　'블록이니 인형이니 하는 장난감을 가지고
갈까? 버리고 갈까?'

이사를 할 때 가장 고민한 것이 장난감이었다.

"애들을 밖에서 놀 거야. 장난감은 필요 없어. 웬만하면 버려. 짐 좀
줄이자."

"아이들이 찾으면 어떡해. 거기 가면 놀 것도 없는데."

"왜 놀 게 없어. 밖에서 노는 게 얼마나 재미있는데. 장난감이 있으
면 더 문제가 돼."

남편과 입씨름을 벌이면서까지 나는 장난감을 버리지 못했다. 인형
이나 블록에 대한 미련은 아이들보다 내가 더 갖고 있는지도 몰랐다.

시골 가면 신나게 놀 수 있을 거라고 생각한 아이들은 놀이터가 아닌
허허벌판이 눈앞에 나타나자 일순 당황했다. 우리 집 앞으로는 황무지

나 다를 바 없는 밭이 수백 평 펼쳐져 있었다. 그러나 다음 순간, 아이
들은 장난감을 바꾸는 재치를 발휘했다. 이사를 하고 나서 텃밭을 일구
느라 항상 괭이와 호미를 텃밭 앞 목련나무에 걸어 놓았다.

　아이들은 무슨 생각이었는지 어느 날부터 호미로 구덩이를 파기 시
작했다. 아마도 처음에는 호미가 신기했을 것이고, 사용법을 손에 익
히느라 땅을 파기 시작했을 것이다. 파다 보니 점점 깊고 넓어져 구덩
이처럼 되었다. 어느 순간 피아노학원과 미술학원에 갔다 온 두 녀석
은 가방을 던져 놓고 곧장 구덩이로 달려가는 게 일과가 되었다. 원래
시작은 그런 법이다. 눈덩이를 굴려 가다 눈사람을 만들 듯 생각 없이

시작한 일이 어느덧 목적이 되기도 한다.

"뭐하니?"

"구덩이를 파요."

"구덩이를 파서 뭐할 건데?"

"몰라요!"

"그냥요, 밑에 있는 흙들도 하늘을 볼 수 있잖아요."

"별도 볼 수 있잖아요. 나무도 보고……."

"그동안 얼마나 갑갑했겠어."

"맞아."

일곱 살짜리와 다섯 살짜리는 "왜 구덩이를 파느냐?"고 묻자 구덩이를 파는 이유에 대해서 이것저것 그제야 생각하기 시작했다.

날마다 커지는 구덩이를 보고 있자니 아이들이 어느 정도로 크게 팔 것인지 궁금해졌다. 호미로 파던 아이들은 어느 날부터 괭이로 구덩이를 파고 있었다. 아빠가 하는 괭이질을 흉내 낸 것이다. 어느 날은 땔감으로 마련해 놓은 나무 막대기로도 파고 있었다.

하루하루 구덩이는 점점점 넓고 깊어졌다. 아이들은 땀을 뻘뻘 흘리며 입을 벌리고 있는 구덩이를 자랑스레 바라보다 집으로 들어가곤 했다.

"너희들 얼마나 크게 팔 건데?"

"몰라요. 아주 크게 팔 거예요. 가장 크고 깊은 구덩이를 팔 거예요."

일주일 만에 구덩이는 작은아이 키 정도로 넓어져 있었고 무릎이 빠질 정도로 제법 깊기도 했다. 방공호처럼 아이들 둘이 들어가서 웅크리고 앉아도 될 정도로 넓었다. 마음 같아서는 구덩이에다 비닐하우스처럼 천막을 씌워서 아이들이 놀 만한 놀이집을 만들어 주고 싶었다.

구덩이는 이제 지나가는 사람들 눈에도 띌 만큼 커다래졌다. 이제 슬슬 동네 사람들의 눈이 신경 쓰이기 시작했다. 아이들이 낑낑거리며 파는 것을 지나가는 사람들이 보기도 했을 것이다. 남자애들도 아니고 여자애들이 구덩이를 파고 있는데 부모란 어른들은 그 옆에서 말리지도 않고 있다고 혀를 차며 쑤근거릴 듯했다.

"그만 파자. 저 정도면 아주아주 커, 저걸로 뭘 할 건지 생각해보자."

아이들은 구덩이 안에다 꽃씨를 심을 거라는 둥, 채소를 심을 거라는 둥, 물을 담을 거라는 둥 별의별 계획을 세웠다. 그러다가 결국은 그냥 구덩이로 두겠다고 선언했다.

"저건 그냥 구덩이에요. 구덩이."

"맞아. 우리는 구덩이를 판 거야. 그냥 구덩이."

아이들의 구덩이를 우리는 덮지 않았다. 누가 보면 참호를 파놓은 것 같은 구덩이는 한동안 아이들이 무슨 일을 했는지 증명했다. 하품을 하듯이 입을 딱 벌린 구덩이는 한동안 밭으로 가는 길목에 자리 잡고 있었다. 비가 와서 물이 고이고, 점차 조금씩 무너지기 시작하자 아이들은 구덩이를 잊어버렸다. 우리는 그제야 구덩이를 슬그머니 덮었다. 누구의 시집 제목처럼 땅은 사각형의 기억을 갖게 되었다. 다만 조금쯤 행복한. 땅속의 흙들도 하늘을 보고 바람을 보았으니!

개미
날려 보내기
놀이

작은아이는 하루에 한 가지씩 새로운 놀이를 했다. 봄에는 땅 파기와 흙장난을 하며 놀더니 여름이 가까워지자 개미굴을 발견했다. 밭 어귀에 있는 작은 목련나무 아래에는 연필 굵기의 개미굴이 있었다. 커다란 왕개미들이 제 몸보다 큰 먹이를 부지런히 물어다 날랐다. 간혹 밭에서 풀을 뽑거나 일을 할 때 개미가 발에 기어 올라오곤 했다. 그때마다 질겁을 한 나는 개미굴 앞을 지날 때마다 어떻게 하면 개미굴을 없앨 수 있을지 고민했다.

내가 고민을 하거나 말거나 개미들은 제 할 일을 했다. 굴은 하루가 다르게 점점 커져서 굴의 입구가 작은 감자 크기로 제법 크게 뚫렸다. 아이들은 땅 파기 놀이 대신 개미굴에서 노는 걸 택했다. 작은아이가 개미굴에다 집게손가락을 내밀고 있으면, 5밀리미터는 되어 보이는 왕개미가 작은아이의 손을 타고 올랐다. 그러면 그 순간 큰아이가 손을 탁 쳐서 개미를 멀리멀리 날려 보내는 놀이였다.

아이들이 개미굴에서 놀 동안 나는 개미를 소탕하기 위해서 안간힘을 썼다. 개미가 떼를 지어 아이들의 손이나 발을 공격하면 큰일 아니겠는가! 그 굴을 없애려고 호스로 물도 뿌려보고 흙과 돌로도 막아보았지만 개미를 소탕하지 못했다. 모래를 한 삽 뿌려서 막아도 마찬가지였다. 아무리 무너뜨리려 해도 개미굴의 입구는 바로 모습을 드러내었다. 굴에다 물을 뿌리면 굴 안이 물바다가 될 줄 알았는데, 그렇지도 않은 모양이었다. 호스로 30분씩 물을 뿌리고 서 있어도 다음 날 보면 개미굴은 여전히 그 자리에 있고, 개미들은 여전히 들락거리고 있었다. 개미들은 인간들이 잘 때 밤새 집을 보수하는 모양이었다.

"엄마, 엄마 땜에 개미들이 이사 가잖아. 개미 없어지면 엄마가 책임져."

그날도 호스를 들고 개미굴에다 물을 퍼붓는 중이었다. 따지기 좋아하는 큰아이가 징징거려서 보니, 개미들은 애벌레처럼 보이는 희고 길쭉한 걸 물고 일렬로 서서 목련나무 위로 올라가고 있었다. 어떤 개미들은 입에 뭔가를 물고 밭으로 가고 있었다. 일부 개미들이 굴을 고치는 동안 다른 개미들은 애벌레를 숨겨 놓으러 가는 모양이었다. 아이들과 나는 개미들을 따라 목련나무와 밭으로 가곤 했지만 어느 순간 우리는 개미의 흔적을 잃어버렸다. 비단길처럼 개미길도 끝나지 않았다.

"개미굴에 석유를 뿌리면 어떻게 될까? 안 되면 석유를 뿌리고 불을 질러버릴까?"

"도대체 왜 그래? 개미 좀 그만 못 살게 해!"

"개미가 너무 크잖아. 공격하면 어떡하라고."

"공격을 안 하니까 아이들이 잘 놀고 있지. 가만히 두면 될 걸 왜 지레 겁을 먹고 그래?"

남편은 개미굴과 일전을 벌이는 나를 본체만체했다. 어느새 남편과 아이들과 개미는 같은 편이 되어 있었다.

아무리 내가 소탕을 한다 하더라도 개미들은 다시 알을 낳고 어딘가에다 집을 지을 것이었다. 곤충들은 연약하고 작지만 인간과의 싸움에서 승리할 수밖에 없다. 곤충이 가진 끈기와 근성을 인간은 가지고 있지 못했다. 개미처럼 평생 정해진 일만 아무런 불평 없이 하다 죽는 사람이 있는가.

나는 분명 베르나르 베르베르의 《개미》를 본 뒤부터 개미가 가진 공격성을 너무 과대평가하고 있었다. 그들은 호전적이지도 않았고 지능적으로 복수를 하지도 않았다. 아무리 물을 뿌려대도 개미들은 나를 해코지하지 않았다. 소설은 그냥 소설이었다.

아이들과 개미 사이에는 이미 평화협정이 체결되어 있는 듯했다. 내

이사 온 첫해에는 벌레의 이름을 알기 위해서 도감을 찾았다. 그러나 벌레와 친해지고부터는 그런 노력은 하지 않게 되었다. 그것이 딱정벌레든, 깍지벌레든 친구이기 때문이다. 아이들은 레고 대신 왕개미나 밀잠자리 하늘소 사슴벌레 딱정벌레 같은 벌레들과 놀았다. 풀잎에 매달리게 하거나 서로 싸움을 붙이면서. 쓸모 없어진 레고는 다른 집으로 갔다.

가 더 이상 아이와 개미가 노는 걸 막을 이유가 없었다. 땅에는 배추와 무의 영토와 함께 개미의 영토가 있었고 그것을 인정할 수밖에 없었다. 더 이상 아이들의 놀이를 방해하거나 개미를 없애기 위해 안달하지 않기로 했다.

　이 놀이는 곧 겁쟁이 큰아이도 따라 하게 되었다. 물론 주로 개미굴에 손가락을 넣는 쪽은 작은아이였다. 작은아이는 개미가 손을 타고 올라오기를 기다렸다. 팔목 위까지 타고 올라가게 기다려서는 개미를 멀리 날려 보냈다. 작은아이는 몇 달 동안 이 놀이를 즐겼지만 한 번도 물리지 않았다. 일명 개미 번지점프는 개미도 즐기는가 보다, 라고 생각할 정도가 되었다.

그런데 겁쟁이인 큰아이는 늘 개미에게 물려 징징거렸다. 개미가 발을 타고 오르면 능숙하게 털어버리는 작은아이와 달리 놀라서 팔딱팔딱 뛰는데, 그때 물리는 모양이었다. 곤충들도 사람을 알아보는가 보다.

작은아이는 곤충을 좋아했고 곤충과 노는 법을 알았다. 손바닥 위에다 노린재나 딱정벌레 집게벌레들을 올려놓고 곧잘 놀았다. 노린재나 딱정벌레는 실 같은 풀줄기 위에 올려놓으면 철봉선수처럼 뱅글뱅글 돌면서 재주를 부린다. 이 녀석들을 커다란 나뭇잎 위에다 올려놓고 도르르 말아버리면 쳇바퀴를 돌리는 다람쥐처럼 거꾸로 매달려 걸어 다녔다. 방아깨비와 사마귀 같은 녀석은 풀어주었다 다시 잡으며 약 올리기도 했다. 가끔 사마귀에 손가락을 긁히긴 했지만 그 어떤 곤충이든 작은아이를 공격한 적은 없었다. 작은아이는 늘 곤충과 새로운 놀이를 만들어냈다. 밭은 넓었고, 곤충들은 많았으므로 하루 종일 놀 일이 무궁무진했다.

깡충거미와
달리기하기

　　　　　　아이들과 나는 간혹 풀을 뽑는다는 핑계로 밭으로 가서 정작 풀 뽑기는 뒷전에다 밀어놓고 딴짓을 했다. 작은아이는 뽑으라는 풀은 뽑지 않고 풀뿌리를 다치지 않게 캐어서는 다른 데다 옮겨 심곤 했다. 그러는 사이사이 곤충을 보면서 한눈을 팔았다. 발밑으로는 곤충들이 수없이 오갔다. 그러니 그쪽에 눈이 갈 수밖에! 밭에서 가장 재빠른 곤충을 들라면 단연 깡충거미와 늑대거미다. 깡충거미 같은 땅거미들은 내가 밭 사이를 걸어가면 채소 포기 사이로 도망가기 바빴다.

　"어디를 그렇게 바삐 가니?"

　아이들도 종종거리며 거미를 쫓지만 번번이 놓쳤다. 거미들은 배추 잎이나 줄기 뒤에 숨다가 나중에는 뿌리 근처에 있는 푸석푸석한 틈 사이로 사라지곤 했다.

뭘 하고 놀까? 놀다 지친 아
이들이 진지하게 생각하는
건 놀거리다. 하루 종일 무
궁무진 생각하는 것도 놀거
리다. 1년 365일 참으로 지
치지 않고 고민한다.

밭 흙은 단단했지만 거미가 숨을 수 있는 빈틈들은 언제나 있었다. 그 빈틈은 아마도 스스로 뚫어놓은 것일 것이다. 인간에게 밭이 삶의 터전이듯 곤충에게도 밭은 목숨을 부지하게 하는 터전이었다. 살기 위해서 인간이 밭을 갈듯 땅거미들도 여기저기 집을 짓듯 밭에 구멍을 뚫어놓았다. 간혹 다른 거미나 지렁이가 뚫어놓은 곳으로 몸을 숨기기도 하겠지만.

땅속의 풍경이 궁금하지만 그것은 어디까지나 그들만이 볼 수 있는 세계다. 거미는 길고 어두운 통로를 지나갈 것이고, 그 통로의 끝에는 눈먼 지렁이가 있을 수도 있다. 집에 갈 때 다른 벌레를 만나기도 할 것이다. 거미나 개미 같은 곤충의 땅속 집이 궁금하기는 아이도 마찬가지였다. 밭에서 풀을 뽑으라고 시켰더니 아이들도 호미는 멀찍이 던져 두고 거미 쫓기에 여념이 없었다.

"언니, 여기에 숨었어. 여기."

"그러면 거미 스트레스 받잖아!"

작은 녀석이 어느새 거미 굴처럼 생긴 데를 파기 시작하자 큰 녀석이 말리는 중이었다.

만약 몸집과 비례해서 달리기 시합을 하면 땅거미들이 치타보다 훨씬 빠를 것 같았다. 이놈들은 엄폐물 뒤로 들어가지도 않고 쭉 달려 나갔다. 발이 많다고 해서 늦게 달리는 건 아니었다. 발이 많다고 해서 번거로운 것도 아니었다. 거미들은 그 많은 발로도 잘 달렸고, 내 눈은 그들을 좇아가지 못했다. 잽싸기가 다람쥐 같은 아이들도 거미만은 쫓지를 못했다. 늘 쫓아가다가 망연자실하게 서 있었다.

거미를 꼭 잡아보고 싶은 작은아이는 간혹 거미가 숨은 듯한 풀포기를 파서 큰아이에게 야단을 맞곤 했다. 운 좋게도 잡히지 않은 거미에게 복수를 하는 경우도 있었다.

"하하, 오줌 맞았다!"

"그럼 거미네 홍수 나잖아."

간혹 아이들은 급하면 밭에서 오줌을 누었고, 그러다 보면 거미들이 오줌에 맞는 수가 있었다.

"엄마 거미들은 뭘 먹어?"

"글쎄다. 곤충을 잡아먹는데, 이 녀석들은 거미줄을 치지 않으니……."

거미줄을 치지 않는 땅거미들은 도대체 뭘 먹을까? 먹이는 거미줄을 치는 녀석이나 치지 않는 녀석이나 같다. 먹는 방법도 같다. 다만 거미줄을 쳐서 곤충을 잡는 녀석들이 거미줄이란 올가미를 써서 사냥을 한다면 저들은 피그미족처럼 숲을 누비며 사냥을 하는 셈이다. 저들에겐 배추밭이야말로 정글과도 같은 숲이다. 잽싸게 풀포기 사이를 누비며 애벌레들을 잡아먹을 것이다. 하지만 불행하게도 나와 아이들은 한 번도 땅거미들이 사냥하는 것을 보지 못했다. 그들은 우리의 발걸음을 피해 도망 다니기 바빴으므로!

우리가 밭에서 농사를 지을 수 있는 것은 순전히 저 정신없이 도망 다니는 땅거미들과 지렁이 개미 덕분이다. 거친 밭, 땅속에도 벌레의 집이 있다는 사실이 고맙기도 하고 경이롭기도 했다. 이런 단단한 흙에 집을 짓고 숨구멍을 만들어 주니 그에 걸맞은 보상을 받는 게 당연했다. 그러고 보면 풀도 같은 대접을 받아야 마땅하다. 따지고 보면 악착같이 뽑아버리는 풀뿌리들도 땅에게 숨을 쉬게 만들어준다.

"엄마 재네들 잡아보면 안 돼?"

"재네들에게 너희들 손은 공룡보다 훨씬 클 거야. 얼마나 무섭겠니?"

"저 거미들은 어디다 거미줄을 만들어?"

"저렇게 달리기하는 거미들은 거미줄을 안 만들어. 저 녀석들은 다리도 굵잖아."

"그럼 어디 살아?"

"밭에서, 조그만 굴속에……엄마도 안 봐서 몰라. 봐도 안 보이겠지."

"거미집 보고 싶다."

우리 밭은 눈에 보이지 않는 무수히 많은 집들이 있는 작은 세상이었다. 사람의 발자국 소리가 들리지 않는 밤에 그들은 무엇을 하는 것인지? 그들이 사는 마이크로 코스모스가 궁금하기는 아이들이나 나니 마찬가지였다.

붉고
푸른
꽃물 편지

양수역이 서울의 지하철과 연결되기 전까지 서울에 나왔다가 집으로 가는 길은 멀었다. 청량리역으로 가서 양수리 가는 2228번 버스를 타거나, 회기역으로 가서 전철을 타고 덕소로 가서, 다시 양수리로 가는 2228번 버스를 타야 한다. 서울에서 불과 50킬로미터밖에 떨어져 있지 않지만 대중교통을 이용할 경우 자가용 버스 전철 택시가 모두 동원되었다. 시청역에서 1호선으로 환승하느라 허둥지둥 뛰어가다 맨드라미 파는 할머니를 발견한 적 있다. 커다란 자루에 맨드라미꽃을 잔뜩 따 와서 팔고 있었지만 아무도 할머니가 내민 맨드라미를 사 가지 않았다. 내가 천 원을 내밀자 할머니는 커다란 자루 속을 한참 뒤적뒤적하다가 작고 못생긴 꽃을 골라서 주었다.

"엄마 선물!"

현관문을 열자마자 두 녀석이 뛰어나와 가방을 낚아챘다. 아이들은 시골 오지에 사는 아이들 티를 내었다. 엄마 아빠가 서울 가는 날은 선물을 사다 주는 날이었다. 마치 장에 갔다 오면서 아이들에게 줄 꾸러미를 품에 안고 오는 부모들처럼 남편과 나는 서울에만 나가면 '섬 집 아이'처럼 집을 지키고 있을 아이들을 생각하며, 파리바게트에서 빵을 사거나 교보문고 안에 있는 팬시점에서 머리핀이나 연필을 샀다. 그러나 그날은 깜박 잊고 아무것도 사지 않았다. 난감해진 나는 가방에 뭐 없나 하고 뒤지다 시든 맨드라미를 발견하고는 꺼내 주었다.

"엄마 이게 뭐야? 이거 꽃이야?"

"응 맨드라미."

"언니, 이 꽃 참 빨갛다."

그날 저녁 큰아이는 맨드라미꽃을 꽃대도 남기지 않고 싹둑 잘라 커다란 물그릇에 담가 놓았다. 시들어가는 꽃이 안쓰러워 물에 담가준 것이다. 다음 날 그릇 안의 물은 마술을 부린 것처럼 새빨개져 있다. 맨드라미는 며칠 동안 붉은 물을 토해내고는 나중에는 연분홍 살색을 드러내었다. 아이들에게 이것은 새로운 발견이었다. 꽃의 색깔을 알아낸 게 무슨 큰 비밀이나 발견해낸 것처럼 눈을 빛낸다.

"소엽아. 우리 꽃에서 어떤 색이 나오는지 알아보자."

"그래. 아무 꽃이나 따 오면 돼?"

행동대장인 작은 녀석은 발에 신발도 꿰지 않은 채 마당으로 달려 나가고 있었다.

두 녀석은 꽃에게 예쁜 색 좀 나눠 달라고 부탁하기로 모의한 모양 이었다. 아이들은 그 다음 날부터 꽃을 따서 모아 물그릇에 담갔다. 집 안의 그릇이란 그릇은 모두 꽃물 그릇이 되어갔다. 달개비에서는 푸른 물이, 애기똥풀 잎에서는 노란 물이, 봉숭아에서는 연분홍색 물 이 나왔다.

꽃들이 어떤 색을 갖고 있는지는 금세 알 수 있었지만 얼마만큼 갖 고 있는지, 얼마나 나눠 줄지는 아무도 몰랐다. 짓찧어봐야 꽃잎에 든 색의 양을 알 수 있듯이 물에다 며칠 동안 담가 놓아야 알 수 있었다.

뭐니 뭐니 해도 가장 마음씨 좋은 꽃은 맨드라미였다. 맨드라미를 하루 동안 담가 놓으면 물그릇이 붉은 물감을 풀어놓은 것처럼 변했 다. 보랏빛 붓꽃은 인색했고, 손톱에 물을 들이는 봉숭아도 그냥 물에 만 담가 놓으면 분홍빛 나는 물을 조금 내놓을 뿐이었다. 반면 달개비 는 후한 편이었고, 봄에 피는 애기똥풀도 노란색 물을 쉬지 않고 내놓 았다.

며칠 동안 온 집 안을 꽃물 그릇으로 채워 놓던 아이들은 물감놀이 를 시작했다. 꽃잎 물감으로 흰 종이에다 그림을 그리고 편지도 썼다. 몇 통의 편지를 나는 아이들에게서 받았다. 방문을 쾅쾅 두드리며 아

이들은 낮에 써놓은 편지나 그림을 주고 갔다.

"엄마 나중에 풀어봐."

아이들이 준 꽃물 그림과 편지는 그냥 보면 물얼룩에 지나지 않았다. 그러나 햇빛에 비춰 보면 흐릿하지만 원래의 색깔이 드러났다.

"엄마, 사랑해, 나도 엄마 사랑해. 엄마 예쁜 엄마, 지엽이도 예쁘지? 엄마는 이 편지를 잘 간직해야 해. 이건 꽃이 준 색으로 쓴 거야. 지엽 올림."

큰아이의 편지는 늘 이렇게 사랑타령이었다.

"엄마 이건 비밀이야."

작은아이는 늘 수줍은 듯이 돌돌 말거나 접은 편지를 주고 갔다. 작은아이는 뭐든 비밀이었는데, 글자를 모르는 작은아이는 늘 공주와 꽃그림을 그려 주었다.

아이들은 이른 여름부터 그해 초가을까지 꽃물을 내고 꽃물로 편지를 쓰는 일을 계속했다. 그사이 나와 남편은 수십 통의 편지를 받았다. 물론 그동안 크고 작은 사고가 안 생길 수 없었다. 설거지를 하다 싱크대 위에 올려놓은 꽃물을 버렸다고 울고, 편지를 쓰다 꽃물을 쏟아서 울고, 서로 편지를 베꼈다고 울고……

어느 날에는 아이들 방 창문에 꽃잎물감 그림이 나붙어 있었다. 꽃물은 한동안 분홍 파랑 희미한 흔적을 남겼지만 곧 햇살에 바래갔다.

여름이 다갈 무렵 누런 물자국만 남긴 그림을 떼어냈다. 꽃이 피는 것도 순간이었고, 꽃이 지는 것도 순간이었지만 꽃잎 물로 쓴 편지는 한동안 책갈피 사이에서 추억으로 남아 있었다.

생각하는
의자

문호리에 이사를 온 그해 이따금 우리 가족은 저녁나절이면 드라이브를 다녔다. 그날도 명달리로 가는 중이었다. 명달리, 그중에서도 폐교가 있는 계곡은 우리 가족의 놀이터였다. 뽕나무가 울타리처럼 둘러쳐져 있어 오디를 마음껏 따 먹을 수 있었다. 게다가 학교 안에는 아름드리 잣나무가 수십 그루 있었다. 잣나무 아래로 가면 여름에는 시원한 그늘이 좋았고, 가을에는 청설모가 갖고 가다 떨어뜨린 잣송이를 주울 수 있었다. 눈이 밝은 작은아이는 종종 커다란 잣송이를 주워 왔다.

명달리 가는 길은 큰 산이 막아선다. 구름이 걸려 있는 구불구불한 고개를 지나 계곡을 끼고 내려가면 판판한 평지가 펼쳐진다. 명달리에 가면 나는 꼭 삼국유사에 나오는 길달이 생각났다. 길달은 밤에 짐승과 내통하는 인물이다. 명달리는 그만큼 산도 높고 골도 깊어 왠지 비밀스런 곳이다.

그날 우리 가족은 명달리 폐교에서 해 질 때까지 놀았다. 집에 가기 위해 계곡을 따라 도는 커브 길을 지날 때 눈에 무엇인가 들어왔다. 칡넝쿨에 싸인 의자가 하나 길섶에 버려져 있었다.

"저 의자 갖고 가자."

남편은 꽤나 귀찮다는 표정을 지었다. 그러나 아이들의 성화에 못 이겨 차를 길옆에 세웠다. 의자는 버려진 지 오래된 듯했다.

"눈도 밝다. 이게 의자인 걸 어떻게 알아봤어? 이거 그냥 여기 두자."

"갖고 가면 쓸모 있을 거 같아."

"집에 의자가 없어?"

"싫어요. 갖고 갈래요."

아이들은 엄마와 아빠의 신경전을 지켜보다 엄마인 나를 열렬히 응원했다. 무엇인가 신기한 물건이 생긴다는 것은 신나는 일이다. 게다가 그것은 책에서 본 숲 속의 의자였다. 달 밝은 밤에 왠지 동물들이 와서 앉았다 간 것 같은.

질긴 칡넝쿨과 가시 돋친 며느리밑씻개를 걷어내자 팔걸이가 있는 커다란 갈색 의자가 모습을 드러냈다. 그 의자는 나무의자 이야기의 주인공과는 전혀 다른 운명을 맞게 되있다. 숲 속에 버려진 의자는 트렁크에 실려 다시 사람에게로 돌아왔다. 그리고 그 의자의 이야기는 사실상 이제부터 시작된다. 이틀 동안 수세미로 박박 문질러 반쯤 벗겨진 페인트를 완전히 벗겨내자 의자는 그럴듯해졌다. 의자를 만든 나무는 속살이 뽀얀 나무였다. 칠이 벗겨진 의자는 바랜 복숭아빛이었다.

"야, 멋진 의자다. 이 의자 어디에 두지?"

"밖에다가 둬."

남편은 여전히 낡은 의자를 집에다 두는 걸 탐탁지 않게 생각했다. 그러나 아이들은 서로 그 의자에 먼저 앉으려고 했다.

"우리 이 의자에서 뭘 할까?"

"난 그 의자에 앉아서 생각할 거예요. 저 의자는 생각하는 의자예요."

"나는 저 의자에서 생각도 하고 밥도 먹고 놀 거야."

큰아이는 씩 웃으면서 의젓하게 대답했다. 지기 싫어하는 작은아이는 의자의 용도를 언니보다 더 골똘히 생각했다. 언제 어느 집에서 있었는지 모를, 서부 영화에 나올 법한 의자는 갈색 페인트를 벗겨낸 것만큼이나 엄청난 변신을 했다.

의자는 서쪽으로 창이 나 있는 거실 앞에 놓았다. 강을 보고 강 너머의 산을 보고 그 위의 하늘과 구름을 보기에 좋은 자리였다. 의자는 큰아이의 말대로 우리 가족 모두의 생각하는 의자가 되었다.

아이들은 장난을 치며 놀다가도 문득 생각 났다는 듯이 생각하는 의자에 앉을 때는 자못 진지했다. 늘 아빠처럼 다리를 꼬고 앉아서 큰아이는 잠깐씩 무엇인가를 골똘히 생각하곤 했다. 아이가 무슨 생각을 하는지 나는 물어보지 않았다. 어쩌면 심각하게 생각하는 척했을 것이다. 그러다 어느 순간, 진짜 심각하게 생각을 하게 되었을지도 모른다. 남편은 그 의자에 앉아서 담배를 맛있게 한 대 피웠고, 나는 쉴 때마다 나가 그 의자에 멍하니 앉아서 흘러가는 강물을 보았다. 큰아이는 매일 책을 들고 나가서 그 의자에 앉아서 읽었고, 언니가 없는 틈을 타서 작은아이는 다람쥐처럼 의자에 매달려 놀기를 좋아했다.

큰아이는 파란 시간이 오면 어김없이 책을 가지고 생각하는 의자로 갔다. 글을 모르는 작은아이도 그림책을 들고 의자로 갔다. 아주 가끔 두 아이들은 땅거미가 깔리는 파란 시간이 지나갈 때까지 의자에 앉아 흐르는 강물을 바라보기도 했다. 팔걸이가 있는 버려진 의자는 책을 읽기 더없이 좋은 의자였고, 이름 그대로 생각을 채워 넣는 의자이기도 했다.

파란
시간

눈에 보이지 않는 시간이 있다. 시간들이 빨리 지나가기 때문이기도 하지만 대부분은 무심하게 보내버리기 때문이다. 문호리에 온 덕분에 우리는 동틀 녘과 함께 어스름 녘을 보게 되었다. 아침잠이 많은 아이들은 동틀 무렵의 붉고 푸른 하늘은 볼 수 없었지만, 대신 밭에서 놀면서 땅거미가 깔리는 것을 보곤 했다.

"엄마, 파란 시간이에요."

어느 날 문득, 산 아래부터 땅거미가 깔려 오는 것을 말끄러미 바라보던 큰아이가 말했다. 그때부터 우리 가족은 땅거미가 깔리는 그 무렵을 파란 시간으로 부르기 시작했다. 검은 밤이 오기 전의 짧은 시간, 빛나던 한낮의 마지막 한때가 파란 시간이다. 이 시간은 짧지만 그 강렬한 빛과 색으로 하루 중 가장 잊지 못할 풍경을 만들어낸다. 구름은 황금빛으로 장밋빛으로 검은빛으로 시시각각 변하다 캄캄한 하늘에 그림자처럼 걸린다. 붉은 해가 강으로 사라지는 동안 땅거미가 스멀스멀 깔린다. 도시에서는 불빛 때문에 땅거미를 볼 수 없지만 들판과 강에서는 붉고 푸른 시간의 빛깔이 잘 보인다. 강과 들판 덕분에 멀리서부터 오고 있는 시간의 기척을 가까이서 느낄 수 있었다. 어둠은 아주 천천히 오는 것 같은데 어느새 문지방 앞에는 달이 찾아와 있곤 했다. 현관문을 열면 빛나던 해 대신 조각달이 보였다.

그 시간을 맨 먼저 파란 시간으로 부르기 시작한 사람도 큰아이지만 그 시간에 의미를 부여한 사람도 큰아이였다.

어느 날 큰아이는 파란 시간에 명달리에서 주워 온 생각하는 의자에 앉아 《푸른 개》를 읽기 시작했다. 《푸른 개》는 큰 아이가 글자를 모를 때부터 좋아한 책이다. 눈사람 같이 통통한 아기가 침을 줄줄 흘리며 《푸른 개》의 책장을 넘기더니, 읽어달라고 떼를 쓰다, 어느덧 혼자 읽게 된 것이었다. 큰아이만큼 나이를 먹은 《푸른 개》 책은 페이지마다 나달나달해져서 투명 테이프를 몇 번이다 붙였는지 모른다. "샤를로뜨는 어느 날 저녁에 계단에 앉아서 초코빵을 먹고 있을 때"로 시작하는 그 책의 주인공은 큰아이와 나이가 같아 보이는 샤를로뜨와 샤를로뜨의 친구가 된 커다란 푸른 개다. 샤를로뜨가 푸른 개를 만나는 시간 또한 큰아이가 책을 읽고 있을 때와 같은 서물 무렵이다. 생각하는 의자에 앉아서 커다랗고 푸른 개를 보다 가끔씩 고개를 들고 하늘을 보던

큰아이의 머릿속으로 어떤 생각이 스쳐간 모양이었다.

"엄마, 앞으로 파란 시간에는 책을 읽을 거예요."

그날 큰아이는 자랑스럽게 선언했다. 다음 날부터 신통하게도 큰아이는 작은아이와 흙장난을 하거나 들꽃을 따서 꽃반지를 만들며 놀다가도 어스름 녘이 되면 집 안으로 뛰어 들어와 책을 들고 생각하는 의자로 나갔다. 그때부터 생각하는 의자에는 늘 책이 한두 권쯤 놓여 있었다.

며칠 동안 큰아이가 저물 녘에 생각하는 의자에 앉아 책을 읽는 것을 보고 남편이 규칙을 하나 만들었다.

"앞으로 우리 식구 모두 파란 시간에는 책을 읽자!"

그날부터 우리 가족만의 파란 시간이 생겼다. 작은아이는 글자를 몰랐지만, 큰아이를 따라 책을 펼치고 앉아 있기 시작했다. 파란 시간은 계절에 따라서 조금씩 달라졌지만 땅거미가 내리기 시작할 무렵부터 완전히 어두워져 불을 켤 때까지 생각하는 의자 옆에 있었다. 큰아이는 이 시간 동안 생각하는 의자에 앉아서 일어날 줄 몰랐다. 거실 불을 비롯해서 집 안에 불이 켜진 한참 뒤에야 큰아이는 집으로 뛰어 들어왔다. 책에 빠져 있는 동안은 캄캄한 어둠이 몰려와 있는 줄 모르다가, 어느 순간 확인하고는 그제야 화들짝 놀라서 "엄마" 하고 뛰어 들어오는 것이었다. 쏟아지는 거실 불빛 주변으로 날벌레들이 모여들곤 했다. 생각하는 의자는 어둠을 안은 채 거실 창밖에서 동그마니 앉아 있었다. 거실 창으로 자신이 앉아 있던 자리를 확인하며 아이는 어떤 충만함을 느끼는 모양이었다. 그 파란 시간 동안 나는 저녁을 준비했고, 남편도 방에서 차분하게 책을 읽을 수 있었다.

파란 시간은 봄부터 점점 길어지기 시작했다. 춘분이 껴 있는 5월 무렵에는 6시 30분경이었는데, 6월 초가 되자 7시로, 하지 무렵이 되자 8시경까지 산등성이에서 희미한 빛이 새어 나왔다. 파란 시간 동안 아이들이 책을 읽다 보니 우리의 저녁식사도 조금씩 늦어지거나 빨라졌다. 우리 가족은 옛날 사람들처럼 자연의 시계에 익숙해지게 되었다.

서쪽으로 창이 나 있는 우리 집은 저물 무렵의 풍경이 특히나 아름다웠다. 저녁 햇살을 받으며 큰아이가 책을 보던 풍경은 여태까지 경험한 풍경 중에서 가장 고즈넉하고 평화로운 풍경일 것이다. 책에 빠져든 큰아이에게 파란 시간은 어떤 풍경이었을까?

밤새우기
놀이를
하고 싶어

큰아이가 궁금한 것 중의 하나는 밤이 가면 새벽이 온다는 것이었다. 새벽이 어떻게 오는가? 캄캄한 밤에서 환한 아침으로 어떻게 바뀌는가? 큰아이는 그게 궁금했다. 그 시간의 변화를 자신의 눈으로 확인하고 싶어했다. 시간에 대해 관심을 가지기 시작한 무렵부터 큰아이는 밤새우기 놀이를 할 것이라고 입버릇처럼 말했다. 밤새우기 놀이를 하고 싶어하는 또 다른 이유는 어른들만 깨어 있는 시간이 궁금했기 때문이다.

아빠, 특히 엄마는 늘 그 시간에 깨어서 일을 한다. 원고 쓰기는 낮보다는 밤에 집중하기 좋았고, 그것이 오랜 습관이 되다 보니 남들이 잘 시간에 일하고 남들이 일어날 시간에 자곤 했다. 아이는 엄마가 회사에 안 가고도 일을 한다는 것이 궁금했을 것이고, 어른들이 어떻게 일을 하는지도 궁금한 것 중의 하나였을 것이다. 무엇보다 아이들은 밤이 끝나고 아침이 시작되는 시간이 궁금했다.

"아빠, 밤이 끝날 때는 어때요?"

"새벽이 오는 거지."

남편의 대답에 아이는 콧방귀만 뀌었다. 아이가 원하는 답은 그게 아니었다. 낮이 끝나는 파란 시간처럼 밤이 끝나는 시간이 어떤 빛깔인지 궁금했던 것이다.

"아빠, 밤새우기 놀이 하면 안 돼요?"

"엄마한테 물어봐라. 밤새우기 해도 되는지."

토요일 저녁마다 아이는 밤새우기 놀이를 할 것이라고 졸라댔다. 남편은 그때마다 한 편의 악몽을 꾸었다. 애들은 밤잠을 안 자고도 다음 날에도 잘 노는데, 남편은 코피가 터지기 일쑤였다. 아이들에게 악역은 하기 싫은 남편은 자신의 악몽을 끝장내줄 인물로 나를 지목했다. 나는 그때마다 "그러면 키가 안 큰다."고 까칠하게 대답하거나 "너, 저번에도 늦게 자서 코피가 났잖아? 또 나고 싶니?"라고 반쯤 윽박질렀다.

큰아이는 옹알이를 할 때부터 밤잠이 없었다. 밤새 통통한 팔다리를 바동거리며 놀아댔다. 나는 '풀꽃세상'이란 작은 환경단체에 가입하면서 큰아이의 이름을 '단샘'이라고 지었디. 제발 잠 좀 자라는 일종의 애원이었다. 작은아이 역시 잠이 없고 예민하기는 마찬가지였다.

단풍나무 밑 평상에서 별을 보며 자는 것. 아이들은 하늘을 보며 잠들고 싶어했다. 모기가 기승을
부리지 않는 초여름과 초가을 저녁, 아이들은 단풍나무 아래 평상에서 잠들곤 했다. 새벽 2~3시쯤
아이들을 안아다 방에다 뉘었는데, 그 몇 시간 사이에 이미 이불은 이슬에 젖어 있었다.

작은아이는 호흡기가 안 좋아 얕고 불안한 잠을 자곤 했다. 나는 작은아이의 이름을 '꿀잠'이라고 지었다. 아이들이 제시간에 잠을 푹 잘 자는 것이 나의 희망사항이었던 셈이다.

"애들만 좀 자도 많은 일을 할 수 있을 텐데……."

밤마다 남편과 나는 아이들의 눈치를 살폈다. 반면 아이들은 우리의 눈치를 살피며 밤새우기 놀이에 대한 미련을 버리지 못했다. 몇 번 성공할 뻔했지만 아이들은 마지막 순간에 번번이 실패했다.

밤새우기에 대한 추억은 아이들이라면 누구나 갖고 싶어한다는 것쯤은 안다. 서울에서 온 꽤나 많은 손님들이 우리 집에서 하룻밤 묵고 갔다. 서울서만 살던 그 집 아이는 시골에서 밤을 보내는 것에 흥분했다. 모닥불을 피워 인디언놀이를 하던 아이들은 램프를 켜고 단풍나무 아래 평상에 누웠다. 밤 동안 어떤 일이 일어날 것인지 저희들끼리 이불 속에서 고시랑거렸다. 귀신 이야기를 하던 아이들은 새벽 4시께야 잠이 들었다. 먼동은 바로 그 순간에 터왔다. 여름날은 새벽 4시만 되어도 대지에서 빛이 스며 나온다. 눈은 푸른빛을 감지하지 못하지만 감도가 높은 필름으로 사진을 찍으면 산자락에서부터 황금빛이 새어 나오는 것을 볼 수 있다. 아이들을 방으로 옮기려고 보니 이불이 이슬에 젖어 축축했다. 그날 이후에도 몇 번 더 아이들은 밤새우기에 실패했다. 한두 시간 또는 몇 십 분 차이로 해 뜨는 풍경을 놓치곤 했다.

"쟤네들 저러다 병나겠다. 한 번 하라고 해. 날이 밝는 게 별것 아니라는 걸 한 번 보고 나면 다시는 밤새우기 하자는 말 안 할 거다."

걸핏 하면 밤새우기를 하겠다고 졸라대는 아이들에게 남편은 굴복했다. 밤마다 아이들을 재우기 위해서 씨름하다 지친 나머지 나도 맘대로 하라고 선언했다.

"이번 주 토요일은 밤새우기 하는 날이다!"

아이들은 승낙을 얻어내자 기세가 등등해졌다. 마침내 토요일 저녁이 다가오자 아이들은 밤새우기 준비를 했다. 책상 아래다 인형이며 책 따위의 자기 짐을 가져다 놓고는 이불을 책상과 의자 사이에 걸쳐서 텐트처럼 만들어버렸다. 방은 금세 전혀 다른 방이 되어 있었다.

바야흐로 오늘 밤은 아이들이 호기심을 풀 시간이었던 것이다.

'도대체 캄캄한 밤에서 환한 아침으로 어떻게 변할까?'

언젠가 큰아이는 그것을 물은 적이 있었다.

"해가 지는 것과 반대라고 생각하면 돼. 환하다가 어느 순간 어두워지지? 캄캄하다가 어느 순간 밝아지는 거야. 해가 하늘에 있다 아래로 떨어졌지? 반대로 아래에 있다 위로 떠오르는 거야."

물론 나의 설명은 충분치 않았고, 아이는 그 신비한 시간을 보고 싶어했다. 파란 시간이 지나가는 순간을 보기 위해 눈을 부릅뜨고 하늘을 보고 있었던 것과 마찬가지로!

아이들과 남편은 이불로 만든 텐트 속으로 들어갔지만 나는 피곤한 나머지 내 방으로 갔다.

"엄마는 탈락이다, 탈락!"

"그래, 너희들 맘대로 해라."

작은아이가 새벽 3시쯤 탈락하자 남편은 졸린 눈을 부릅뜨고 큰아이를 지켜보았다. 큰아이는 이불텐트에서 책을 읽다가 잠깐 생각났다는 듯이 캄캄한 창문 밖을 몇 번이나 응시했다.

어느덧 어둠이 걷히고 주위가 부옇게 밝아오기 시작했다. 큰아이는 졸린 눈을 비벼가며 날이 밝아오는 감동적인 순간을 지켜보았다.

"알았어, 이제. 어떻게 날이 밝아오는지 내 눈으로 봤거든."

그 길로 큰아이는 베개를 끌어안고 잠에 빠져들었다. 큰아이는 여덟 살에 밤에 대한 신비를 잃어버렸다. 비록 밤에 대한 신비와 환상은 잃었지만 친구들의 부러움은 얻었다. 초등학교 1학년 때 밤새우기 한 사람이 자신밖에 없다는 자부심에 한동안 만나는 모든 사람들에게 자랑했다. 귀신도 없으며 도깨비도 없고 밤은 단지 깜깜할 뿐이라고. 나는 큰아이가 밤에 대한 신비를 잃어버린 것을 못내 안타까워했지만!

시래기를 걸고,
모이대를 만들고,
새집을 달고

　　　　　　시골 생활이 도시 생활과 다른 점은 때가
있다는 것이고, 그 때에 맞춰 준비를 해야 한다는 것이다. 겨울이 다
가오자 우리 가족도 겨우살이 준비를 시작했다. 남편은 서리가 내리
기 전에 배추와 무를 거둬들였다. 첫해의 농사는 소출이 형편없었다.
척박한 흙에서 자란 무는 하얗고 통통하고 물이 많은 무가 아니라 맵
고 단단하고 몸통에는 온통 모래가 박혀 있는 곰보였다. 큰아이의 주
먹 굵기밖에 안 되는 무를 뽑아 놓고 보니 처량하기까지 했다.

　열무 뿌리가 굵어진 것 같은 크기에, 심까지 박혀 있었다. 차마 먹을
수가 없었다. 무청 역시 한눈에 봐도 지푸라기처럼 물기가 없고 질겨
보였다. 저것을 먹고 똥을 눌 수 있을까 싶을 정도로. 그런데도 우리
는 앉아서 무청이 있는 부분을 칼로 도려냈다. 남편은 못난 무를 골라
서 버리고 나는 키운 정 때문에 남편이 버린 무를 다시 주워 담았다.

이렇게 두 사람이 손발을 맞추지 못해도 가을걷이는 한나절도 채 걸리지 않았다. 오십여 포기 가까이 되는 배추는 신문지에 싸서 종이상자에 넣은 다음 창고에다 저장하고 무는 구덩이를 파서 묻었다. 그런 다음 남편은 시래기를 엮기 시작했다.

"그래도 할 건 해야지."

먹지는 못하겠지만 첫해 지은 밭농사의 '기념품'. 새끼로 다발을 만들어서 응달진 벽에 걸어 놓으니 그럴싸해 보였다.

학교에서 돌아온 아이는 낡은 빨간 벽돌 벽에 걸린 샛초록 시래기를 발견했다.

"엄마, 저게 뭐야?"

"응. 시래기"

"쓰레기!"

아이는 무청인 것을 알면서 일부러 딴전을 피웠다.

"쓰레기가 아니라 시래기야!"

"응 알았어. 그런데 엄마 저거 언제 먹어?"

"먹을 수 있을까 몰라."

"그럼 진짜 쓰레기네. 근데 왜 달아매 놓은 거야?"

"없으면 서운하잖아."

그건 그랬다. 농가주택 한편에 시래기가 매달려 있어야지 없으면 서운할 것이다. 남편은 푸른 시래기를 치렁치렁하게 세 다발이나 걸어 놓았다. 매달린 시래기를 보니 우리가 시골에서 '정착해서' 사는구나 하는 느낌이 들었다. 시래기 타래를 보며 나는 워낭소리나 쇠죽 쑤는 냄새를 상상했다. 아이들은 시래기를 소 목걸이라고 부르며 언젠가 걸어줄 계획을 짜고 있었다.

"누가 하는 목걸이인데?"

"소!"

큰아이가 자신 있게 대답했다.

"우리 집에는 소 없는데."

"저 목걸이는 너무 크잖아. 소도 먹으면 안 돼?"

"돼!"

"그러니까 소 목걸이지. 아니 안 된다. 목걸이 먹으면 안 되지."

종알종알 큰아이는 신이 나 있었다. 아마도 내일 유치원에 가면 우리 아빠가 소 목걸이 만들었다고 자랑을 할 것이다. 작은아이도 매달린 시래기를 만지며 그 앞을 떠날 줄 몰랐다. 소 목걸이는 차가운 바람과 겨울 햇살에 잘 말라갔다.

그해 가을이 다 가기 전에 우리 식구는 겨울을 맞을 준비를 한 가지 더 했다. 어딘가에서 겨울을 날 새들에게 잠자리와 양식을 대 주기로 한 것이다. 베니어판을 구해 온 아이와 남편은 새집을 일곱 개나 만들

새들 간식으로 사과를 나무에 꽂아 놓으면 한 입씩 쪼아 먹고 가곤 했다. 부리 모양대로 움푹 파인 사과를 보며 우리 집에 온 손님들을 상상하곤 했다. 새는 물을 많이 먹기 때문에 사과를 무척이나 좋아했다.

어 집 안 곳곳에 달았다. 커다란 모이대를 만들어 콩과 쌀 조를 담아 두었다. 가끔은 사과도 하나씩 올려놓았다. 이제 우리 가족은 눈이 오기만을 손꼽아 기다렸다.

12월이 지나갈 무렵 첫눈은 왔고, 해가 바뀌고 정월대보름이 다가오자 나는 시래기를 걷어다 삶았다. 찬물에 불려서 삶았건만 서너 시간을 삶아도 시래기는 물러질 기미가 보이지 않았다. 온 집 안에 쇠죽을 쑤는 냄새가 진동했다.

시래기 삶는 냄새는 두엄 냄새 같기도 하고 마른 풀 냄새 같기도 하고 흙냄새 같기도 했다. 뭐라고 딱히 말할 수 없는 뭉클한 냄새가 집 안으로 진득하니 퍼져 나갔다. 시래기 된장찌개 한 뚝배기를 만들기 위해 쌀뜨물을 내고, 멸치를 발라내고, 버섯을 불리고, 시래기의 얇은 막을 벗겨내느라 한나절이 후딱 지나갔다. 아침나절에 삶기 시작한 시래기는 된장찌개가 되어 저녁상에 올랐다.

강원도 민박집에서 먹던 구수하고 텁텁한 맛은 나지 않았지만 한 가지 깨달음은 얻었다. 고단함과 팍팍함 조급함을 모두 물리치는 느긋함이 있어야 시골에서 살아갈 수 있다는 것을. 질기디질긴 시래기를 뭉근하게 끓일 시간도 솥도 묵은 된장도 없었지만 이제부터라도 준비를 해야 한다는 것을. 제대로 살아내려면 아흐레쯤 묵어가고 싶은 민박집 안주인 같은 손끝을 지녀야 한다는 것을.

책 읽기
말고는
할 게 없어!

방해자들이 가끔 고마울 때가 있다. 문호리에 오자 높은 산들 덕분에 텔레비전은 무용지물이 되었다. 접시 안테나를 달지 않은 덕분에 텔레비전은 켜봐야 먹통이었다. 아이들이 즐길 수 있는 유일한 오락은 비디오를 보는 것이었다. 우리 집에 있는 비디오테이프는 도라나 바니 같은 영어 비디오, 아마존에서 산 내셔널지오그래픽, 또는 애들도 볼 수 있는 영화 몇 편이 고작이었다. 어두해질 때까지 풀꽃을 따서 반지를 만들거나 꽃다발을 만들며 놀다가 지친 아이들은 집에 들어와서 저녁 먹고 책을 읽었다.

작은아이는 말할 것도 없고, 일곱 살 때까지 어린이집에 다닌 큰아이는 문호리에 올 때만 해도 까막눈이었다. 네댓 살 때 글자에 관심이 많았지만 남편과 나는 가르쳐주지 않았다. 문맹으로 속이 좀 터져봐야 문명의 즐거움을 절실히 깨달을 것이란 생각에서다.

남편과 내가 그 많은 어린이집 중에서 신림10동 산동네에 있는 어린이집을 선택한 이유는 한 시간 동안 바깥에서 흙놀이를 하기 때문이었다. 원장 수녀님은 아이들에게 책상 앞에 앉아서 문제집을 풀게 하거나 책을 보게 하지 않았다. '아프리카 사람들은 만두를 좋아해'를 가장 씩씩하게 부르던 큰아이는 만 4년 동안 그곳에 다니다 문호리로 왔다.

그때까지는 큰아이도 까막눈인 게 크게 불편하지 않았다. 그러나 문호리에 와서 유치원에 들어가자 사정이 달라졌다. 물론 나도 이제는 마음이 급해졌다. 아이가 글을 깨치는 속도가 내가 생각한 것만큼 빠르지 않기 때문이다. 유치원에 다니는 반 학기 동안 한글을 익히게 하려 무던히도 노력했지만 허사였다. 나중에는 갑갑한 나머지 한글학교에서 할머니들을 가르칠 때의 경험을 살려 좋아하는 《푸른 개》라는 책을 받아 적으라고 했지만, 큰아이는 닭똥 같은 눈물을 흘리며 울기만 했다. 결국 나는 '취학 전까지 한글 떼기' 계획을 포기하기에 이르렀다. 남들은 영어를 시키는 판에 한글도 모르는 아이를 보자니 조금은 착잡했다.

"왜 그렇게 조급해. 좀 지켜보면 될걸. 좀 있으면 저절로 깨칠 거야."

"어떻게 그게 저절로 되냐고. 익혀야 하는 거지."

겉으로 느긋해 보이는 남편도 사실은 조바심이 났을 것이다. 한글

떼기가 쉽지 않다는 사실, 아이가 까막눈이라는 사실을 인정하기 쉽지가 않았다. 아이는 받침이 있는 단어를 읽지 못해 "엄마 이건 뭐야?"라고 묻기 일쑤였고, 그때마다 나도 모르게 눈을 부릅떴다. 입학해서도 받아쓰기 실력이 좋을 리 없었다. 두어 시간 연습 시켜도 40점에서 60점 사이를 오르내렸다. 이쯤 되니 글자에 관심이 있는 시기를 놓친 건 아닐까 하는 두려움마저 들 정도였다.

하지만 시간은 어느 순간 모든 문제를 해결했다. 우리가 예민하게 알아채지 못했지만 아이는 한글을 쑥쑥 알아갔다. 《별나라 하양투성이 공주》란 책에 빠져 있던 큰아이는 어느 순간 거짓말처럼 한글을 다 떼어버렸다.

한글을 몰라서 갑갑하기는 우리보다 큰아이가 더 심했던 모양이다. 글자를 알고자 하는 갈급함을 경험한 아이는 그간의 시간을 보상받으려는 듯 책벌레가 되었다. 틈만 나면 책을 잡고 하루에 몇 권씩 책벌레가 책장을 먹어치우듯이 읽어 내려갔다. 아이의 소리가 안 들려서 찾아보면, 생각하는 의자에 앉아서 책을 읽거나 책상 밑에 기어 들어가서 읽고 있었다. 한글을 몰라 갑갑했던 시간은 아이에게 도전 의지를 심어주는 계기가 된 모양이었다.

아이가 좋아한 책은 《꼬리를 돌려주세요》, 《푸른 개》, 《알도》, 《마술사 위니》 같은, 동물이 주인공이거나 상상력을 자극하는 책들이었다.

아마도 호프집이나 펜션에서 버린 의자일 것이다. 팔걸이가 있는
저 의자는. 큰아이는 생각하는 의자에 앉아서 어둑어둑해질 때까지
책을 읽었고 남편은 담배를 피웠다. "엄마, 생각하는 의자에 앉아서
책을 읽으면 좋아요." "역시 담배는 밖에서 피워야 맛있어!" 의자는
알까? 그 두 사람을!

큰아이는 어릴 때 종이상자를 오려 《알도》의 주인공인 토끼인형을 만들어 준 걸 기억해내고는 한동안 종이상자에다 주인공 인형을 그려 오려댔다.

남편과 나는 아이에게 책을 늦게 읽히는 대신 전집으로 된 명작동화나 위인전 따위 싸구려로 만든 책은 읽히지 않았다. 불량 식품보다 더 위험한 것들은 어쩌면 불량 책이다. 더 읽히려는 욕심보다 함량 미달의 책에 아이의 눈길이 가지 않게 막는 것에 더 많은 신경을 썼다. 우리 집에는 학습용이라고 이름 붙여진 만화책도 없었다. 1학년이 되어 도서관에서 책을 빌려 보기 전까지 아이는 만화책을 구경도 못했다. 독서습관이 박이고, 책에 대한 안목이 길러지기 전까지 만화책은 조미료가 많이 들어간 일종의 컵라면 같은 책이다. 아이들은 만화책을 늦게 접한 덕분에 좋은 일러스트를 많이 보게 되었다.

그 무엇보다 책 읽기에 지대한 공헌을 한 것은 무용지물이 된 텔레비전이다. 컴퓨터나 닌텐도 같은 게임기가 없는 것도 도움이 되었다. 해가 지고 나면 할 게 없다 보니 책을 읽었는지도 모른다. 빈둥거리기는 아이에게나 어른에게나 필요하지만 디지털 시대의 빈둥거리기는 아날로그 시대의 빈둥거리기에 비해서 피곤한 게 사실이다. 책 읽기는 아날로그 시대의 빈둥거리기 대표선수가 아닐까.

학교에 가서도 아이들의 생활은 크게 변하지 않았다. 아이들은 그림

그리기와 찰흙 놀이, 피아노 치기 같은, 빈둥거리기의 연장선상에 있는 수업을 듣거나 무용을 했다. 집에 와서는 텃밭이나 동네를 쏘다니다 해 질 무렵이 되어서는 책을 읽었다. 저녁을 먹고 나서도 책 읽기를 하든 잡담을 하든 공부와는 담을 쌓고 살았다. 마음껏 놀린 덕분인지 아이는 활자에 대한 두려움이나 지겨움이 없었다.

"난 책 냄새가 좋아요. 뜯어 먹고 싶을 지경이에요."

책 읽기에 흠뻑 빠져든 큰아이는 가끔씩 이렇게 깜찍한 말을 했다. 아마도 《책벌레》와 《책 먹는 여우》라는 책을 보고 난 뒤였을 것이다. 닭 돌보기, 동생과 놀기, 책 읽기. 큰아이 입장에서는 늘 이 셋 중에서 하나를 선택해야 했고, 이중에서 자기 맘대로 할 수 있는 유일한 일인 책 읽기는 아껴놓았다가 가장 마지막에 선택하곤 했다.

큰아이는 1학년 2학기부터 제법 활자가 많은 책으로 넘어갔다. 《노란 양동이》, 《마법의 설탕 두 조각》, 《아빠가 길을 잃었어요》, 《책벌레》, 《책 먹는 여우》 같은 책은 대여섯 번씩 봤다. 1학년이 읽기에는 조금 두툼했지만 큰아이는 단숨에 읽어냈다. 재미있는 책은 그 자리에서 몇 번이고 다시 읽었다. 책이 아이에게 마법을 걸었든지 아니면 환경이 아이에게 마법을 걸었을 것이다.

어쩌면 큰아이가 책 읽기를 좋아하는 이유는 더 간단한 것인지도 몰랐다. 큰아이가 책을 읽는 시간은 엄마의 모든 잔소리가 증발한 자유로운 시간이었다. 나는 아이가 책을 읽을 때는 좀 어질러놓아도 가만히 두었고 뒹굴거려도 가만히 두었을 뿐 아니라 엎드려서 읽든, 앉아서 읽든, 자세에 대해서도 아무 말 안 했다. 큰아이는 한 권만 꺼내 오는 게 아니라 여러 권을 꺼내 와서 옆에다 쌓아 두고 읽곤 했고, 이 방저 방 책을 들고 다니느라 어지르기 일쑤였다.

큰아이 입장에서는 책 읽는 시간, 아니 책을 읽고 난 시간이 가장 자유로운 시간이었을 것이다. 그림을 그리면 물감 치우라는 잔소리, 찰흙이나 밀가루 반죽으로 만들기를 하면 손 씻고 얼굴 씻으라는 잔소리, 인형놀이를 하면 인형 제자리에 갖다 두라는 잔소리, 밖에서 흙장난이라도 하면 옷 벗고 목욕부터 하라는 잔소리가 날아왔으니 말이다. 어질러진 책은 아빠가 뒤를 따라다니면서 눈을 찡긋거리며 책꽂이에 꽂아주고, 좀 어질러놓아도 엄마가 야단치지 않으므로 책 읽기는 게으른 아이가 선택하기 딱 좋은 취미였다. 하루 종일 머리 위로날아다니는 그 수많은 잔소리를 피해 굴속 같은 이불 속이나 볼텐트안으로 기어 들어가서 볼 수도 있었으니!

길고 긴 겨울 밤에는 추운 거실에서 이불을 둘둘 말아 덮고 작은아이와 나는 바비 비디오를 보고 큰아이는 아빠와 따뜻한 이불 속에서배를 깔고 책을 읽었다. 덕분에 1학년 겨울방학 동안 큰아이는 책벌레처럼 책장 사이를 넘나들며 백 권이 넘는 책을 읽어치웠다.

큰아이는 바로 그때 무엇이든 없으므로 자유로울 수 있었다. 텔레비전이 없으므로 오락프로그램에 빠져들지 않았고, 컴퓨터가 없으므로 게임에 홀리지 않았고, 만화책이 없으므로 캐릭터에 휘둘리지 않았고, 문제집이 없으므로 공부에 눌리지 않았다. 큰아이가 그때 무엇을 읽고 무슨 생각을 했는지는 잘 모른다. 그러나 새까만 눈을 빛내며 행복한 시간을 보낸 것만은 틀림없다.

겨울에
찾아온
사자

         겨울날 우리 집으로 사자가 한 마리 달려왔다. 미련이나 주저함을 버린 발랄한 인생은 아이들만의 것이 아니었던 모양이다. 겨울바람을 맞으며 우리 집 뒷마당에 달려온 사자를 발견한 것은 아이들이었다. 죽기 살기로 새파랗게 사는 민들레는 감동적이었다. 민들레와 제비꽃은 잔디를 깔지 않은 우리 집에선 잡풀처럼 밟혔다. 북한강변으로 이사 온 첫해 봄, 아이들과 나는 민들레와 제비꽃들을 밟지 않으려 까치발로 걸어 다니곤 했다.

    그 흔한 민들레를 발견해서 놀랐냐고? 물론. 바야흐로 1월 중순, 추위가 며칠 기승을 부리다 한 며칠 날이 풀리는 삼한사온의 시절이었기 때문이다. 이 겨울의 절정만 넘기면 봄이 올 것 같았다.

    풀에는 봄풀이 있고 가을풀이 있다는 것을 시골에 와서야 알았다. 냉이나 씀바귀 민들레는 가을에도 싹을 틔웠고, 가을에 난 풀들은 얼어붙은 겨울을 죽은 듯이 보낸 뒤에 봄에 꽃을 피우고 장렬히 시든다. 서리와 눈을 맞으며 얼었다 녹았다 하면서도 끝끝내 살아내는 새파란 겨울풀들은 무심한 발아래에 있다. 그들이 눈에 잘 띄지 않는 이유는 잎을 쫙 펼쳐 최대한 땅에 바싹 붙어 있는데다, 추운 겨울에는 풀이나 꽃같이 연약하디연약한 풋것들이 살지 못할 것이라고 믿는 선입견 때문이다.

너무 늦게 핀 꽃일까, 너무 일찍 핀 꽃일까? 나는 고개를 갸웃거리며 보물을 발견한 듯 으쓱거리는 아이들을 따라 민들레를 보러 나갔다. 민들레는 아이들과 모닥불을 피워 고구마를 구워 먹는 화덕 주위, 가끔은 우리 집 강아지가 해바라기를 하며 똥을 싸 놓는 곳, 개복숭아 나뭇가지 그늘이 비켜가는 한 아름이 겨우 될까 말까 한 양지 뜸에 샛노란 얼굴들을 내밀고 있었다. 하나인가 했더니 둘 셋 넷 작은 꽃대가 보였다. 땅에 납작 웅크린 10원짜리 동전 크기의 노란 얼굴은 당돌하게도 우리를 치어다보고 있었다. 키 작은 민들레였다. 우리는 그 노란 사자들 앞에 가서 해바라기를 했다. 한 송이 두 송이 피어나기 시작한 민들레는 어느 순간 십여 송이가 한꺼번에 피어 제법 소담스럽게 벌어졌다.

악착같이 살아 있는 것을 보면 미안한 마음이 든다. 이 악착같이 살아 있는 것늘은 기특하세도 믿음을 배빈하지 않는다. 서리대왕이 밟고 갔는지 민들레들은 아침이면 흰 서리옷을 입고 있는 듯했다. 그런

데도 아침 햇살을 받으면 언제 그랬냐는 듯이 생생한 초록이었다. 그리고 20여 일 뒤 무사히 제 할 일을 하고 동면에 들어갔다. 바람은 작은 홀씨 하나하나를 매운 손끝으로 야무지게 잡아채서는 솜씨 좋게 날려버렸다. 홀씨들이 날아간 자리에 쨍한 햇빛이 내려앉았다. 강아지는 다시 그 자리에서 해바라기를 하고, 개복숭아 나뭇가지 사이로 햇살은 여전히 내리쬐었다.

"엄마, 민들레 이제 죽는 거야?"

"아니, 뿌리는 땅속에 살아 있어. 잎도 살아 있어. 그냥 꽃만 시드는 거야. 홀씨를 만들어서 날려 보내야 하니까. 나중에 책 찾아보자."

나는 민들레가 여러해살이 식물이라는 것을 떠올렸다. 한겨울에 꽃을 피웠지만, 민들레는 잘 살아냈다. 민들레는 척박한 땅일수록 더 깊게 뿌리를 내린다. 몽골의 사막에 사는 민들레 뿌리는 물을 찾아 30미터도 더 내려간다고 한다.

민들레 덕분인지 추운 겨울이 꼭 춥지만은 않게 느껴졌다. 민들레가 홀씨를 다 날려 보낸 뒤에도 아이들과 혼자 남은 뿌리에게 안부를 묻곤 했다. 그 즈음에는 쌩쌩 부는 찬 바람도 어느 정도 적응이 된 듯했다. 아침마다 일어나면 창문에는 실내와 밖의 온도 차로 물이 흐르고, 코끝이 빨개질 정도로 차가운 공기가 잠을 깨웠지만 이제는 더 이상 진저리를 치지 않았다. 무료한 낮시간이면 아이들과 바람을 맞으며 빈

밭을 달음박질치곤 했다. 고무장화를 신고 세 모녀가 강 옆 긴 밭둑을 달리던 시간을 아직 어린뿌리인 아이들이 나중에 기억할지도 모른다. 언젠가 엄마와 함께 맞았던 바람 찬 날을 기억하며 노란 사자처럼 웃었으면 좋겠다. '에잇, 까짓 거! 바람 좀 맞으면 어때? 바람은 오늘, 지금 이 순간 지나가는 것일 뿐, 지나가고 나면 그뿐'이라고.

어떤 마음을 먹고 민들레가 꽃을 피웠을까? 꽃은 철이 있다는 말은 한편으로는 맞는 말이지만 한편으로는 틀린 말이다. 꽃은 자신이 피고 싶을 때 핀다. 쌩쌩 부는 찬 바람을 맞다 보면 어느 순간 더 이상 춥지 않다는 생각이 들 듯 민들레 또한 살기에 춥지 않다고 생각했는지도 모를 일이다. 독일어로 민들레는 사자의 이빨이다. 우리 집 뒷마당에 찬 바람 속에서 사자가 달려왔고, 그해 겨울 내내 우리는 찬 바람을 쌩쌩 맞으며 '어홍!' 하고 이빨을 드러낸 사자 주위를 맴돌았다.

신나는
외출

아이들이 원하는 모든 것. 그것은 교문 앞 문방구에 있다. 알록달록한 지우개, 시뻘겋고 파란 색소가 범벅이 된 불량식품, 만진 지 한 시간이면 망가지는 요상한 장난감, 조잡한 수첩이나 볼펜……. 아이들의 눈에는 이 모든 것이 보물이다. 보는 것만큼 배운다고 하지만, 보는 것만큼 욕망하는 것도 사실이다. 백화점에 다닌 적 없는 작은아이나 백화점에 간 기억이 흐릿한 큰아이의 보물은 작은 조개껍데기나 나뭇가지, 돌멩이다. 큰아이는 이것을 구두통에다 보관하고 가끔은 보물들을 서울 사는 친구인 김수아와 땀 언니(바느질을 하고 그림을 그리는 김수아의 이모)에게 보내기도 했다.

유치원에 다니게 되면서 큰아이의 소원은 불량식품을 한번 마음껏 사 먹어 보는 것이었다. 그리하여 우리는 날을 잡아 문방구로 쇼핑을 가기로 했다. 물론 잔소리 대마왕인 아빠 몰래! 한창 추운 1월의 어느 날, 우리는 용감하게 외출을 감행했다. 집 근처를 돌아다니는 것은 늘 해 오던 일이지만 왕복 2킬로미터에다 주변의 사잇길들까지 탐험하려면 족히 4킬로미터는 걸어야 하는 외출이었다. 나와 아이들은 까치발로 살금살금 집을 빠져나왔다.

"자 500원씩 줄 거야. 그걸 갖고 사고 싶은 것 사."

아이들은 내 말이 떨어지자마자 더 이상 겨울 들판의 경치 따위는 눈에 들어오지 않았다. 뛰다시피 걸으며 200원짜리인 쫄쫄이, 쫀디기, 아폴로, 왕눈이와 100원짜리인 파랑사탕, 설탕사탕. 아이들은 100원짜리와 200원짜리 사이에서 고민하기 시작했다. 바람은 쌩쌩 불어와서는 매운 손가락으로 얼굴을 따끔따끔하게 꼬집었다. 들판에 부는 바람은 거칠 것이 없었고, 귓전에서 윙윙거리는 소리를 내었다. 아이들의 발걸음은 바람보다 빨랐다. 학교까지 걸어간다는 사실에 신이 났다.

1킬로미터 떨어진 문방구까지 오는 데 걸린 시간은 한 시간. 그 사이 우리는 샛길로 가보고, 남의 집 마당에도 들어가서 놀고, 밭에서 겨울을 나고 있는 풀들을 관찰했다. 머릿속에는 쫄쫄이와 쫀디기 생각밖에 없었겠지만, 자연은 놀라운 걸 잔뜩 감춘 마술사처럼 아이들에게 한눈을 팔게 했다. 얇은 얼음을 쓰고 있지만 파릇파릇한 풀들을 보느라 우리는 한참 동안 밭둑을 걸었다.

겨울이 되면 아이들의 모자
와 목도리를 떴다. 귀까지
덮는 커다란 모자가 필요했
기 때문이다. 외출을 하려고
하면 모자를 쓰고 목도리부
터 했다. 잔뜩 멋을 내고 가
는 곳은 학교 앞 문방구다.
아이들의 유행의 진원지는
문방구였다. 지우개나 연필
같은 학용품이든 먹는 것이
든. 문방구 아줌마는 불량식
품이란 유통기한이 지난 식
품이라는 명언을 했다.

찬 바람을 맞았던 터라 문방구 문을 열자 후끈 열기가 느껴졌다. 문방구에 들어서는 순간부터 큰아이는 어떤 걸 사야 할지 몰라서 망설였다. 500원짜리 동전을 손에 꼭 쥔 작은아이도 마찬가지였다.

"엄마 200원을 더 주면 안 돼요? 지우개 하나 사게요."

"너 지우개 많잖아."

"그런데요, 아이들이 갖고 다니는 핸드폰 지우개가 갖고 싶어요."

문방구를 하시는 아주머니는 아이들의 심리를 너무나 잘 읽었다. 1학년부터 6학년까지 한 반밖에 없는 미니 학교지만, 유치원까지 합치면 200명이 넘는다. 이 아이들은 모두 같은 지우개를 쓰고 같은 공책를 쓴다. 아이들이 싫증을 낼 때가 되면 새로운 물건이 들어왔다. 하나하나 분리되는 핸드폰 지우개, 공룡 지우개, 빅 사이즈 지우개, 사탕 지우개……. 그동안 큰아이가 친구들로부터 선물받은 지우개만 해도 열 개쯤 되었고, 그것은 모두 서종마트의 신제품들이었다.

작은아이가 200원짜리 불량식품과 100원짜리 불량식품 사이에서 갈등하는 사이, 큰아이는 지우개와 불량식품 사이에서 갈등했다. 30분을 돌아보다 큰아이는 설탕 쫀디기 하나와 파란 사탕 하나 그리고 지우개를 골랐다. 작은아이는 설탕 쫀디기 하나와 꿀통, 설탕을 녹여 소다 넣고 만든 뽑기 사탕, 쫄쫄이를 골랐다.

"너 후회 안 하겠니? 소엽이랑 같은 거 고르지 그래?"

"아니에요, 난 지우개가 더 좋아요."

"너 핸드폰 지우개 있잖아."

"색깔이 다섯 가지인데 다른 아이들은 모두 색깔별로 있어요."

뿌듯하다는 듯이 지우개를 만지작거리는 큰아이는 문방구에서 나오는 것을 못내 아쉬워했다. 시골 아이인 큰아이에게 작은 문방구는 롯데백화점만큼이나 볼거리가 많은 곳이다.

"엄마, 학교에 가요."

작은아이는 큰아이가 다니는 학교에 무척이나 가보고 싶어했다. 뭉그적거리는 큰아이 손을 잡고는 학교로 냅다 뛰었다. 운동장을 가로질러 달려가서는 윙윙 바람 소리를 내며 그네를 굴렀다. 그 추운 날에도 학교 운동장에는 아이들이 여럿 나와서 자전거도 타고 축구를 하며 놀고 있었다.

"춥지 않니? 이제 그만 집에 가자."

이미 집에서 나온 지 두 시간 반이 넘어 있었다. 짧은 겨울 해가 뉘엿뉘엿 넘어가는 중이었다. 바람은 집에서 나올 때보다 더 차가웠다. 뺨이 꽁꽁 얼어 말하기도 힘들었지만, 아이들은 빨갛게 곱은 손으로 막대사탕을 빨아 먹으면서 집으로 향했다. 사탕을 먹을 때마다 입김이 뭉게뭉게 피어올라 마치 작은 난로들 같았다.

달래
서리

햇빛은 조금씩 조금씩 더 대지를 달구는데, 바람은 여전히 그 기세가 꺾이지 않은 때. 이른 봄도 아니고 겨울도 아닌 그때, 계절의 빈틈을 틈 타 아이들과 나는 들로 쏘다녔다. 딱히 쏘다닐 핑계가 없었기 때문에 "나물 캐러 가자."고 했다. 개울가든 밭둑이든 지난해 들불을 놓은 자리에는 애쑥이 파릇파릇했다. 머릿수건을 쓰고 한나절 동안 밭둑에 앉아 있는 할머니들도 우리와 같은 심사였을 것이다. 바야흐로 밀려 들어오는 따뜻한 기운에 매운 겨울이 꺾이고 있었으니 어찌 설레지 않겠는가!

바로 그때 볕이 잘 드는 우리 동네 뒤쪽의 양지바른 곳에는 달래가 돋았다. 무덤이 있는 길쭉한 산밭. 원래는 산이었던 곳을 길이 나면서 잘라먹어 사과 송치처럼 된 것이다. 내 가슴 높이까지 쌓인 축대 위에는 달래가 머리카락 같은 순을 올리고 있었다. 매일 산책을 다니면서 나는 그 달래를 언제쯤 먹으면 좋을지 가늠해보곤 했다. 산책을 할 때마다 눈여겨보기를 보름여, 아쉬운 대로 손가락 하나 길이만큼 자라오르자 아이들을 꼬드겼다.

"애들아 나물 캐러 가자!"

밖에 나갈 기회만 엿보고 있던 아이들은 재빨리 장난감 양동이와 호미, 꽃삽을 들고 나왔다. 우리가 걸어가는 발아래 시커멓게 그슬린 논두렁 여기저기에는 쑥이 제법 돋아 있었다. 달래를 캐러 가다 말고 햇빛이 따사로운 논둑에 쭈그리고 앉아서 쑥을 한 움큼 캤다. 쑥이 자라오르면 지난해 생긴 불 탄 상처도 덮일 것이다. 쑥을 유난히 좋아한 돌아가신 할머니와, 엄마 생각에 코끝이 시큰해져왔다. 나는 할머니와 엄마와 그 많은 시간에 무엇을 하며 놀았을까? 엄마는 늘 일하느라 바빴고, 할머니 치마꼬리를 잡고 다니는 것도 잠시 할머니가 외출할 때뿐이었다.

아직 어린 애쑥을 나는 아이들과 함께 손톱 끝으로 똑똑 끊었다. 쑥물은 손톱이 길게 자라도록 한동안 그대로 있다. 손톱에 때가 낀 듯한 이 쑥물 덕분에 일을 하러 가면 마치 죄를 지은 사람처럼 손을 오므려야 했다. 물론 스스럼없는 자리에 가면 손가락을 쫙 펼쳐 자랑을 하지만.

달래 밭의 흙은 단단했다. 어떻게 그 벽돌 같은 흙 속을 뿌리들이 뻗어 나가는지 신기할 정도로. 위에서 살짝 줄기를 잡아당기면 끊어지기 일쑤였다. 몇 번 실패를 맛보자, 옆에 있던 큰아이가 한마디 거들었다.

"엄마 집에 가서 젓가락 갖고 올까요?"

"아니면 숟가락. 숟가락 뒤로 파면 되지요."

큰아이랑 작은아이가 하는 놀이 중에는 나무 꼬챙이로 풀을 옮겨 심는 놀이가 있었다. 풀의 뿌리가 다칠세라 조심조심 파서는 꽃을 심듯이 다른 곳에다 심어주고 물을 주었다. 게다가 작은아이는 개미굴을 막대기로 후빈 경험이 있었다.

집에 가서 숟가락과 젓가락을 가지고 온 큰아이 덕분에 그날 우리는 달래를 한 움큼 캤다. 아이들의 양동이에는 그날부터 숟가락과 젓가락이 나물 캐기 도구로 들어가 있었다. 달래는 머리카락같이 가늘었지만 하우스에서 나는 것과 비교할 수 없이 향이 강했다. 저녁상에 부친 두부와 함께 달래 간장을 올렸다. 어디서 이렇게 머리카락처럼 가는 걸 캤냐고 남편이 묻자, 아이들이 자랑스럽게 대답했다.

"아빠, 우리 오늘 달래 서리했어요!"

"엄마가 달래 서리하랬어요! 우리 오늘 낮에 서리하러 갔어요!"

두 녀석은 질세라 무슨 일이 있었는지 고시랑고시랑 일러바쳤다.

"서리!"

남편이 눈썹을 치켜세웠다. 큰놈은 서리가 무슨 말인지 알기 때문에 그 순간 입을 다물어버렸다.

"엄마, 우리 그러니까 오늘 낮에 도둑질한 거예요?"

"아니, 서리랑 도둑질은 조금 다른 거야!"

그런데 서리와 도둑질은 어떻게 다른가? 주인이 용서를 해주면 서리고, 용서를 해주지 않으면 도둑질인가? 그 다음 날부터 나는 당장 동네의 평판에 신경을 써야 할 판이었다. 큰놈은 동네방네 엄마와 달래 서리를 했다고 할 것이고, 아마 달래밭 주인의 귀에도 들어갈 것이다.

"그래도 나는 간장에 넣을 만큼밖에 안 뽑았다."

남편에게인지 아이에게인지 모르게 변명을 했다. 달래는 여태껏 먹어본 것 중에서 가장 가늘었지만 가장 향이 강했다. 그 뒤로도 우리는 달래를 몇 번 더 서리를 해 먹었지만 늘 한 움큼도 안 되는 양이었다. 조금씩 자라던 달래가 드디어 뽑아서 먹을 만한 길이로 자라자 우리는 달래밭 근처에 얼씬도 하지 않았다. 그때부터는 주인의 몫이기 때문이다.

그 뒤 나는 봄마다 달래밭 주위를 서성였다. 1년에 몇 번이니 달래밭 주인도 이 정도면 애교로 봐줄 것이라고 맘 편하게 생각했다. 간혹 풀도 뽑고 남편의 유기질 비료도 갖다 뿌려주었으니 달래 값은 한 셈이다.

달래장을 만들어 계란 프라이를 넣고 비벼 먹는 것. 대학 때 친한 친구가 남해에 국어 선생으로 갔을 때 찾아간 적이 있었다. 그때 그녀가 차려 준 아침은 파와 달래가 들어간 달래장과 계란프라이였다. 그때 먹은 간장 맛을 나는 오래도록 잊지 못했다. 두부를 부쳐서 달래장에 찍어 먹기도 하면서, 그 간장 맛을 떠올리곤 했다. 햇빛이 자울자울한 봄날, 한 움큼의 달래와 한 종지의 간장으로 참으로 배부르게 먹었다.

강바닥
명개흙
머드팩

         남편이 텃밭을 너무나 잘 가꾼 것이 화근이 될 줄이야! 문호리에 온 첫해 남편은 손바닥에 굳은살이 박이도록 밭을 일구었다. 밭에서 골라낸 돌로 울타리를 만들고, 북을 돋워 작물을 심었다. 삼십여 가지 넘게 심은 우리 집 텃밭은 동네에서 소문이 났다. 문호리에 오는 손님들, 이를테면 도시에 나가 있는 원주민들의 아들딸들이나 안식교 교회에 오는 교인들은 우리 집 텃밭을 한 번씩 둘러보고 갔다.

  이듬해 봄이 되자 주인아저씨는 땅을 돋울 것이라고 말했다. 주인아저씨도 농사를 짓겠다는 것이다.

"좋은 흙을 부어 땅을 좀 더 돋워서 우리도 농사를 지어야지."

"저희가 지을 데도 좀 주세요."

"그럼, 여기는 우리가 짓고 저쪽으로 지으면 되겠네."

우리는 첫해에는 수백 평 되는 땅 아무 데나 밭을 일구었지만 앞으로는 '맘씨 좋은' 주인이 조금 떼어 주는 땅에다 텃밭을 일구어야 할 모양이었다. 농사꾼의 자식이었던 주인아저씨는 열여섯에 도시로 가서 건축일을 해서 성공을 거둔 사람이었다. 다시 고향에 오니 농사 생각이 나는 건 당연했다.

흙을 실은 덤프트럭은 이른 봄에 새벽부터 들이닥쳤다. 며칠 동안 트럭이 왔다 갔다 하며 흙을 밭 가운데다 부어 놓았다. 강바닥에서 퍼온 곱고 깨끗한 흙이었다. 그 흙을 동네 어른들은 명개흙이라고 불렀다. 그런데 남편은 흙을 보더니 걱정부터 했다.

"이 흙에서 되는 건 땅콩밖에 없어. 다른 건 못 해."

흙이 너무 고운 나머지 찰떡처럼 들러붙어 뿌리의 숨구멍을 막아버린다는 것이다. 나는 흙에 집을 지을 수많은 벌레들을 걱정했다. 내 발자국을 피해서 혼비백산 도망가던 땅거미들은 이제 어디다 집을 짓나 하는 쓰잘데없는 걱정을. 1년 새 나는 밭에 사는 이름 모를 벌레들과 흠뻑 정이 들었다. 구물구물한 굼벵이도 보았고, 두 발을 박수 치는 것처럼 올리는 깡충거미, 털이 북슬북슬한 늑대거미도 보았다.

명개흙 바람에 신이 난 사람은 아이들이었다. 유치원과 어린이집에서 온 아이들은 오자마자 가방을 내팽개치고 장화를 꺼내 신고는 밭으로 향했다. 밀가루같이 고운 흙에 발이 푹푹 빠졌고, 그 자리마다

아이들의 손은 늘 거스러미가 일어나서 손끝에다 바셀린을 듬뿍 발라주곤 했다. 늘 한두 군데씩은 염증이 생겨 있었다. "너 다음에 손톱 안 예쁘게 되면 어쩌려고 그래?" 아무리 야단을 쳐도 아이들은 아랑곳하지 않았다. 흙만 보이면 앉아서 흙부터 만졌다. 풀을 옮겨 심거나 흙떡을 만들거나 아예 머드팩을 하는 것처럼 뒤집어썼다. 거실은 하루에 몇 번씩 닦아도 흙먼지투성이였다. 아이들이 흙투성이였으므로!

크고 깊은 발자국이 새겨졌다. 날씨가 조금 더 따뜻해지자 아이들은 발자국 찍기 놀이 말고 더 재미있는 놀이를 찾아냈다. 물뿌리개에 물을 떠다가 밭으로 나가서는 동그랗게 흙떡을 빚었다.

"야, 너희들 거기서 뭐하니?"

밭에 간 아이들이 한참 동안 오지 않아서 나가 보니 눈사람처럼 진흙사람이 되어 있었다. 물을 얼마나 퍼 날랐는지 아이들 주변은 진흙탕이 만들어져 있었다.

아이들은 그해 4월 내내 밭에서 진흙범벅이 되어 머드팩을 했다. 처음에는 팔을 걷어붙이고 흙경단을 빚더니 나중에는 눈사람이나 집을 만들었다. 그러다 신발에 흙물을 퍼붓고 놀다 이윽고 서로의 몸에다 퍼부어댔다. 아이들은 순식간에 머리끝에서 발끝까지 흙범벅이 되었다. 그런 채로 흙바닥에 뒹굴거나 뛰어다니다 지치면 나를 불렀다.

"엄마, 엄마 우리 좀 데려가주세요."

그러면 나는 두 녀석을 차례로 번쩍 들어다 마당가에 있는 수돗가로 가서 옷을 벗기고 대충 찬물로 씻긴 다음 집으로 안고 들어와서 욕실로 데리고 간다.

"하수도관 안 막히게 조심해. 흙이 차져서 관이 막힐 수 있어. 그러면 큰일 나."

"애들 완전히 씻겨서 데리고 와."

"애들 찬물에 감기 안 들게 해."

남편은 고구마 자루 같은 아이들을 낑낑거리며 수돗가로 욕실로 옮기는 나의 뒤통수에다 대고 소리치곤 했다.

명개흙은 컴퓨터 안이나 집 안의 밥그릇, 이불 속까지 곱게 스며 들어왔다. 밭과 불과 2~3미터 정도밖에 떨어지지 않은 책상 위에는 열린 창문으로 싸륵싸륵 흙 알갱이들이 날아 들어와 뽀얗게 내려 앉곤 했다. 흙먼지가 들어오더라도 나는 늘 집 안의 창문을 열어놓았다. 내 방의 노트북 자판은 바람이 많이 부는 날이면 유난히 뻑뻑거렸다.

시골 생활 2년차에 접어든 아이들은 시골에서 태어난 아이들보다 더욱 개구지게 놀았다. 흙범벅이 되어 몇 시간씩 봄볕에서 놀다 보니 시꺼멓게 그을지 않을 수 있겠는가! 1년 전만 해도 창백할 정도로 피부가 흰 아이들이었다는 게 믿기지 않았다. 우리 아이들에게는 흙이며 풀이 신기했지만 시골 아이들에게는 더 이상 신기할 게 없었다. 그러다 보니 시골 아이들은 도시 아이들처럼 컴퓨터 오락이나 하고 놀았고, 우리 아이들은 시골 아이들이 네댓 살 무렵에 일으키는 기상천외한 사건들을 만들고 다녔다. 동네 할머니 할아버지들은 우리 집 아이들이 노는 데서 한 번쯤 발걸음을 멈추었다.

"허 참, 그 녀석들 참……. 애들은 저렇게 놀아야 해."

할아버지들은 빙그레 웃곤 했다.

큰아이가 유치원에서 돌아온 오후 시간 내내 아이들은 밭에서 놀았다. 어떤 날은 흙사람이 되어 있고, 어떤 날은 흙사람이 되어 길게 누워 있고, 어떤 날은 흙물로 샤워를 하고 있었다!

덕분에 그해 봄 나는 '하녀무릎병'에 걸릴 지경이었다. 하녀무릎병이란 중학교 2학년 영어교과서에 나왔던 병 이름이다. 꿇어앉아서 마루를 닦던 하녀들이 잘 걸리던 병이었다고 한다.

두 달 남짓 수돗가에서 긴 머리를 감고, 아이들을 대충 씻겨 욕조에다 몰아넣은 다음 흙덩어리가 되어 있는 속옷이며 신발을 수돗가에서 치댔다. 자글자글한 봄볕을 받으며 한 대야나 되는 빨래를 하고 나면 흙투성이 현관과 마당, 흙먼지가 앉은 거실을 닦아야 했다. 아이들 덕분에 거실은 이미 흙발자국이 찍힌데다, 열어놓은 거실 문으로 차륵차륵 흙먼지가 뽀얗게 쌓여 있었다. 재빨리 거실을 훔치고 나면 욕실에서 나온 아이들이 먹을 걸 달라고 직박구리 형제들처럼 합창을 했다. 머드팩을 한 아이들의 피부는 직박구리 깃털처럼 윤이 났다.

"엄마 배고파요. 밥 주세요."

"너희들 오늘 뭘 했다고 배가 고프니?"

"밖에서 논다고요."

아이들의 하루 일과는 어제와 오늘이 같았지만, 지치지 않았다. 아이들을 따라 움직이는 나의 하루 역시 어제와 오늘이 같았지만, 크게 지치지 않았다. 나날이 무릎과 팔다리 관절이 아프다는 것 빼고는!

그러나 이런 생활은 두어 달 이상 가지 못했다. 집주인이 소똥을 갖다 붓는다는 통고를 해왔고, 며칠 뒤 드넓은 밭은 소똥 천지가 되어버렸다. 조금만 아이들 놀게 남겨 달라고 했지만 주인은 들은 척도 안 했다.

아이들은 유치원에 갔다 오자마자 똥범벅이 된 밭 어귀에 서서 큰 소리로 울어젖혔다. 쌀가루 같은 멍개흙이 소똥범벅이 된 뒤부터 나는 모든 창문을 닫았다. 멋진 놀이터를 잃어버린 아이들은 며칠 침울해하더니 뒷마당과 앞마당에서 곧 다른 놀이를 만들어냈다.

그러나 나는 지금도 우수와 경칩이 지나고 봄이 온다는 소식이 들리면, 머드팩 하던 아이들의 얼굴을 떠올리곤 한다.

Part 3

살아가며 배우는 것들

살면서 배우게 되는 것들이 참으로 많다. 이웃에게서,
나무와 풀벌레 같은 자연에게서, 그리고 집에서 키우는
강아지에게서. 아이들의 하루하루는 소통과 교감의 수
많은 통로를 배우는 것이기도 했다. 이런 것들은 책에서
가르쳐주시 않는 깃들이고, 선생님에게서 배울 수 있는
것도 아니다. 흔히들 경험만한 가르침이 없다고 한다.
시골 생활을 시작한 우리 가족은 초등학교에 갓 입학한
아이와 같았다. 수업의 내용은 어려울 것이 하나도 없는
일상이었지만 엄마나 아빠 모두 아는 게 하나도 없었다.
우리의 하루하루는 새로웠고, 늘 흥미진진했다.

봄의
전령

　　　　　3월이 되자 땅에서 흙냄새가 올라오기 시
작했다. 모락모락 올라오는 그 냄새는 땀 흘리며 일하는 농부들의 살
냄새를 그대로 닮았다. 흔히들 흔해빠진 비유라고 하지만 그 비유가
가장 적절할 때가 있다. 흙냄새 비유가 그 경우라 나는 적잖이 놀랐다.
　"빨리 나와봐."
　담배를 피우러 나갔던 남편이 나오라는 손짓을 하면서 붕어 입을 한
채 말했다. 나는 얼른 슬리퍼를 꿰는 둥 마는 둥 달려 나갔다. 머리에
마치 인디언 추장 모양의 관을 쓴 낯선 새가 한 마리 주인집 밭고랑에
서 열심히 열무씨를 빼 먹고 있었다. 열무씨를 파헤쳐 빼 먹는 그 동
작이 마치 머리로 망치질을 하는 듯이 우스꽝스럽기도 했다. 화려한
머리장식이 몸의 3분의 1은 족히 차지하는 그 새를 보는 순간 나는 나
지막이 탄성을 질렀다. 도감에서만 보던 후투티였다.

"주인아저씨 약 올라 하시겠다. 배불리 먹고 가라 새야!"

나는 새를 격려했다. 그 새는 이름만큼이나 생긴 모습도 앙증맞고 예뻤다.

"쟤 한 번도 못 보던 새인데 희귀조 아냐?"

"맞아. 봄에 보리밭 근처에 잘 나타나는 새야. 인디언 추장머리 새라고도 하는데, 이름은 후투티야. 우표에서 봤잖아."

한때 십여 종의 새와 곤충이 우표에 등장했고, 그들은 몇 년간 내 편지봉투를 장식했다. 우표가 예뻐서 지갑에 넣고 다닌 건 그때가 또 처음이었다.

"저 새는 종달새 올 무렵에 보리밭 근처에 한 2주일쯤 나타났다가 사라진다고 하던데……, 철새야."

거제도에 사는 한 가난한 소년을 새 연구가의 길로 이끈 바로 그 새였다.

후투티는 우리 동네에 처음 왔지만, 주인집은 빈집이고, 우리 집은 사람이 사는 집이라는 걸 아는 모양이었다. 공교롭게도 주인집과 우리 집은 바로 전날 열무씨를 뿌렸다. 열무씨를 아껴서 뿌린 주인집과 달리 우리 집은 듬뿍듬뿍 뿌렸건만 후투티는 우리 집 밭고랑에는 오지 않았다. 인기척이 느껴져서일까? 사람이 사는 냄새, 흔적, 기미 같은 것을 동물들은 더 잘 알아챘다. 어쩌면 두 사람이 밭 뒤에 숨어서 지켜보고 있는 것을 아는지도 몰랐다.

"그 작은 열무 씨앗이 보일까?"

"빼 먹는 것 좀 봐. 정확하게 조준한 거 같잖아."

남편과 나는 후투티의 열무씨 빼 먹는 솜씨에 감탄을 했다. 조금 길고 큰 듯한 부리로 정확하게 열무씨를 조준해서 쪼는지 밭고랑으로 고개를 숙이는 박자도 정확했다. 참깨만 한 열무씨는 잿빛이라 흙 속에 섞이면 굵은 흙 알갱이처럼 보인다. 한 줌씩 뿌리는 것도 아니고, 한 번에 서너 알씩 고랑에 뿌리는 열무씨를 후투티는 어떻게 알고 쏙쏙 뽑아 먹는 것인지……

가끔 차가 지나가긴 했지만 후투티의 아침식사를 방해할 사람은 아무도 없었다. 후투티는 반 시간 정도 밭고랑을 왔다 갔다 하면서 씨앗을 빼 먹고는 훌쩍 날아갔다. 후투티는 며칠간 우리 눈에 띄었는데 그때마다 늘 혼자였다. 때는 분명히 짝짓기의 철인데도 같이 다니는 친구가 없었다. 우리 밭에 온 후투티는 십중팔구 길 잃은 철새였다. 우리는 괜히 짠해져서 열무씨를 듬뿍 먹고 힘을 내서 목적지까지 잘 가기를 마음속으로 빌었다.

그해 봄, 우리는 후투티의 방문 덕분에 아침만 먹으면 목을 길게 빼고 밭둑을 살피는 것이 일과가 되었다. 후투티는 더 이상 볼 수 없었지만 종달새가 밭에서 수직으로 비상하는 광경을 우리는 놓치지 않았다.

밭에 파릇파릇 싹이 나자 새들의 행적이 드러났다. 마치 대머리처럼 동그랗게 흙의 알머리가 드러나는 곳은 후투티와 종달새가 만찬을 든 곳이었다. 후투티와 종달새가 다녀간 지 일주일쯤 지나자 한 떼의 손님들이 밭으로 왁자지껄 몰려왔다. 뒷산에 사는 산비둘기들이었다. 주인집 아저씨가 약을 놓을까, 라고 고민할 정도로 이들은 밭에서 살다시피 했다. 우리는 덕분에 열무씨며 배추씨를 몇 번씩 다시 뿌렸다. 대식가인 산비둘기가 지나간 자리에는 씨앗이 남아나지 않았다. 줄을 지어 씨앗을 뿌렸건만 싹이 틀 때 보니 온통 술 취한 것처럼 갈지자걸음이었다. 씨앗을 먹느라 산비둘기가 발로 마구 땅을 파헤친 탓이다. 물론 산비둘기들에게 그 정도 대접하는 것은 아깝지 않았다.

산비둘기들은 봄 내내 우리 집 텃밭에서 오락가락하면서 구구 소리를 내며 산책을 즐겼다. 주인 내외는 올 때마다 산비둘기를 못 잡아서 안달이 나 있었다. 콩밭을 망쳐놓았기 때문이다. 우리는 콩을 심지 않았지만 주인네는 비닐을 덮고 콩을 심었다. 비닐 위에 동그랗게 구멍을 내고 그 안에 콩을 몇 개씩 심어 놓으니 비둘기에게는 더없이 좋은 식탁이 차려진 셈이었다. 산비둘기들은 씨앗을 찾기 위해 굳이 노력하지 않아도 되었다. 주전자 뚜껑만 하게 뚫린 곳만 파헤치면 맛있는 콩이 네댓 개씩 나오기 때문이다. 창공을 날아가면서도 밭에서 꿈틀거리는 굼벵이를 알아볼 정도로 시력이 좋은 새들에게 씨앗 찾기는 눈앞에 있는 수수경단 집어 먹기처럼 쉬웠을 것이다.

　욕심 많은 주인네는 콩고랑을 만들 때도 욕심을 부려 100미터쯤 길게 만들었다. 봄볕에 타면 며느리도 못 알아본다는데 기미가 많은 주인 아주머니는 머릿수건을 쓴 채 그 긴 고랑에 쪼그리고 앉아서 몇 번이나 콩을 다시 심었다. 주인아주머니는 콩을 심는 내내 눈을 새파랗게 뜨고 약을 먹고 죽을 놈들, 구워 먹을 놈들 같은 갖은 욕을 다 해댔다. 산비둘기들이 오지 않을 즈음 우리 밭에서는 파릇파릇한 열무 싹이 올라왔다. 전령인 새들이 지나가자 봄은 어느새 무르익어 있었다.

개구리
표정은
늘 스마일

우리 가족이 외출할 때마다 빈집을 누군가 지켜주었다. 현관문 앞에는 개목사님의 누렁이가, 거실 테이블 한가운데는 손톱만 한 청개구리가 한 마리 앉아서 빤히 출입문으로 들어오는 사람을 올려다보곤 했다. 거실 구석에서 얼굴을 마주치는 놈이 있기도 했다. 어쩌면 우리가 없는 집에서 이놈들은 뛰어다니며 놀지도 몰랐다.

"저 녀석들 어떻게 들어왔지? 문 열린 데 있었어?"

"아니면 그냥 방에서 사는 건가?"

개구리들이 집 안으로 어떻게 들어오는지 한동안 수수께끼였다. 밤에 자다 보면 개구리 울음소리가 바로 방 안 구석 어딘가에서 들리는 듯했다. 그러나 거실과 작은 방 창문에는 방충망이 있었고, 현관문은 가끔 열려 있더라도 중문이 닫혀 있어 그리로 들어올 수는 없었다.

수수께끼는 곧 풀렸다. 방 안으로 들어오는 놈과 어느 날 눈이 마주쳤다. 개구리들은 마술사도 아닌데 닫힌 창문으로 들어왔다. 이중이긴 했지만 새시 문에는 약간씩 틈이 있었고, 0.5센티미터 정도 되는 그 틈으로 들어오는 것이었다.

졸지에 나는 개구리와 동거를 하는 신세가 되고 말았다. 책상에 앉아 책을 읽다 문득 고개를 들어보면 방충망에 달라붙어 벌레를 잡는 놈들의 배와 발바닥이 보였다. 동그란 발바닥 끝의 빨판까지 다 보였다. 녀석은 발에 힘을 주는 듯하더니 몸을 늘여 잽싸게 나방을 채서 삼켰다. 불 켜진 내 방의 방충망은 녀석들에게 일테면 뷔페식 레스토랑이었다. 하루살이 나방 모기의 긴 꼬리들이 방충망에 촘촘히 매달려 있었다. 매달려 있던 녀석 중 몇 놈이 우연히 발견한 것인지 모르지만 빈틈을 통해 불빛이 더욱 밝은 내 방 안으로 들어오는 모양이었다. 내 방에 들어온 녀석은 자느라 불을 끄는 순간 길을 잃고는 구석에 앉아서 울어대는 신세가 되었다.

남편의 방은 문을 열어놓아도 녀석들이 들어오지 않았다. 그곳에는 나무들이 많아서 그늘이 진데다가 쥐똥나무 울타리에는 개구리를 잡아먹는 뱀이 산다. 게다가 밤에는 불을 꺼놓고 있기 때문에 창문이 열려 있어도 들어오지 않았다.

밤에 자느라 불을 꺼놓으면 방구석에서 개골개골 하는 소리가 어김

없이 들렸는데, 문제는 한 군데가 아니고 여러 군데서 우렁차게 울다 보니 내 귀가 개구리 소리를 제대로 뒤쫓지 못한 것이었다. 여긴가 하면 저기고, 저긴가 하면 여기였다. 가끔은 자다가 축축한 기운에 놀라 이불을 들치면 이불 속에서 풀쩍 뛰어나가기도 했다.

문제는 이 녀석들이 방에만 들어오면 미라가 된다는 사실이다. 문틈으로 숨어 들어오긴 해도 나가지는 못하기 때문이었다.

개구리 미라와 마주치지 않으려면 개구리를 밖으로 내보내는 수밖에 없었다.

"밤에 자기 전에 개구리들을 몽땅 밖으로 내보내고 자야겠어. 방 밖에다가 전구를 하나 달면 안 될까? 그리로 유인하는 거지."

"말이 되는 소리를 해. 비 들이치면 스파크 일어나지."

방법은 하나뿐이었다. 자기 전에 개구리 소리가 들리는 곳에서 개구리를 찾아내어 밖으로 내보내는 것.

방충망 틈 사이로 들어오는 녀석들을 잡기 위해서 밤마다 몇 번씩 소란이 벌어졌다. 풀쩍풀쩍 뛰는 이 녀석들은 웬만해서는 잡히지 않았다. 이 녀석들을 잡느라 같이 풀쩍거리며 뛰다 보니 책상에 올려놓은 머그잔이나 책이며 꽃병이 떨어져 깨졌다. 운이 나쁜 날은 허리나 발목을 삐끗해서 며칠 동안 고생하기도 했다. 혼자서 개구리를 잡기 힘든 밤에는 작은아이를 불렀다. 겁쟁이 큰아이는 개구리가 뛸 때마다 비명을 질렀지만, 유연한 작은아이는 배구의 수비수처럼 잽싸게 같은 방향으로 뛰어올라서 잡아냈다. 어떤 날을 불을 끄고 누웠다가 몇 번씩이나 다시 일어나 개구리를 잡아 내보내고 나서야 잠이 들곤 했다.

이렇게 법석을 떨어도 몇 마리 개구리는 늘 방 안에 남아 있었다. 심지어 어떻게 들어갔는지 노트북 가방 안에서 발견된 적도 있었다. 개구리의 표정은 늘 스마일이다. 빤히 쳐다보고 있으면 꼭 내 속을 다 아는 듯한 표정을 짓고 있다. 표정만 본다면 그놈들에게 개나 고양이 같은 지능이 없다는 것이 놀라울 따름이다. 조금이라도 머리가 있다면 내 방으로 들어오지는 않을 텐데…….

검정 암탉과
흰 수탉과
병아리들

문호 4리의 새벽은 닭 울음소리와 함께 시작되었다. 닭들은 일찍 자고 일찍 일어난다. 새벽 4시 반만 되면 수탉이 울기 시작한다. 우리 집 수탉이 먼저 울면 주유소집 수탉이 따라서 울고, 동네 뒤에서도 수탉의 울음소리가 들린다. 아빠 수탉이 울면 변성기에 있는 어린 수탉들도 따라서 울어대는 바람에 남편은 아침잠을 늘 설치곤 했다. 꼬꼬끼오~~~~하고 아빠 수탉이 길게 울면, 알에서 깨어난 지 몇 달 안 된 중병아리들도 꺼끼오 하고 우는 소리를 내었다. 아빠 수탉이 미성의 테너라면 중병아리들은 허스키 보이스의 음치였다. 음정 박자 톤 어느 것 하나 아빠를 따라 하지 못했다. 특히 높은 소리를 내지 못한 채 늘 피식피식 갈라지는 소리를 내곤 했다.

주유소 아저씨는 흰색 수탉과 가장 모성애가 강한 암탉을 우리 가족에게 분양해 주었다. 원래는 배가 볼록한 검정 암탉을 줄 마음이 전혀 없었다. 하지만 하루가 멀다 하고 아이들이랑 내가 찾아가서 검정 닭 둥우리 앞에 앉아 있는 바람에 아저씨가 선심을 쓴 것이었다.

닭가족을 맞아들이기 위해 남편은 목재상에서 베니어판과 각목 같은 나무를 배달시켰다. 지붕을 투명한 슬레이트로 이은 닭장은 열 평쯤 되었다. 마루를 얹은 다음 올라앉을 수 있는 횃대도 만들고, 낡은 장을 하나 주워 와서 안방으로 쓰게 하고, 그 안에다 둥우리를 넣어 주었다. 모든 준비가 끝나자 주유소 아저씨는 암탉과 수탉 그리고 병아리 일곱 마리를 데리고 왔다.

우리 집 흰 수탉을 남편은 늘 건달이라고 놀려먹었다. 꽁지깃이 땅에 질질 끌릴 정도로 탐스러운 이 녀석은 세 살 정도로 가장 나이가 많았다. 남편이 건달이라고 부르는 이유는 이 녀석은 하루 종일 일 없이 소리나 지르기 때문이다. 그러나 사실은 이 흰 수탉은 가장 역할을 톡톡히 했다. 이 녀석이 하는 역할은 새벽마다 울어서 식구들을 깨우고, 식구들이 모이를 쪼을 때 주변을 감시하고, 호시탐탐 다른 암탉들과 짝짓기를 하는 것이었다.

나는 수탉이 울든 말든 잠을 잤지만 닭장 옆방을 쓰는 남편은 사정이 달랐다. 여름이면 열어놓은 창문으로 닭 울음소리는 물론 홰를 치는 소리까지 다 들려 잠을 이룰 수가 없었다. 남편이 졸린 눈을 비비며 담배를 피우러 뒤뜰로 나가면 닭들은 남편의 발걸음 소리를 알아

들고 강아지처럼 반갑다고 달려 나왔다. 흔히들 닭은 머리가 나쁘다고 하지만 이 녀석들은 모이 주는 사람을 알아볼 뿐 아니라 우리 가족들도 알아보았다. 아이들과 나는 텃밭에서 먹을 것을 뽑아서 수시로 닭장을 들락거렸다. 녀석들이 꼬꼬거리는 소리는 강아지가 짖는 소리보다 오히려 더 정겨웠다. 잘 들어보면 닭들은 새들처럼 높은음과 낮은음을 적당히 조합해서 노래를 부르듯이 운다. 닭들은 개나 고양이보다 훨씬 다양한 소리를 냈다. 암탉은 간혹 병아리들에게 잔소리를 하듯이 사납게 꼬꼬댁거릴 때가 있다. 수탉은 수시로 '오 솔레미오'나 '산타루치아'를 부르는 테너처럼 시원시원하고 늠름하게 한 곡조 뽑는다.

알에서 태어난 지 한 달도 채 안 된 병아리들도 재주가 있었다. 야생 닭의 피가 흐르는 우리 닭들은 태어난 지 한 달만 되면 앉아 있는 횃대에서 닭집 입구까지 6~7미터를 단번에 날아왔다. 주유소집 닭들은 2층 높이까지 날아올라 지붕을 똥범벅으로 만들어놓아 아줌마의 원성을 샀을 정도니 우리 집 닭들도 풀어 놓기만 하면 그럴 터였다. 고향이 동남아인 우리 집 닭들은 몸집은 토종닭의 절반밖에 안 되지만 날개는 더 크고, 발톱은 매서웠다. 늘 싱싱한 채소를 먹어서인지 깃털에 윤기가 자르르 흘렀다. 아이들은 예쁘다며 여기저기 흩어져 있는 알록달록한 닭털을 모아 책상 서랍에 보물처럼 간직해 두기도 했다.

"얼마나 크게 지어?" "창고만 하게!" 닭집의 크기가 결정되자 다음 날 목재를 실은
트럭이 왔다. 땅을 깊이 파서 쥐가 못 들어오게 목판을 대고, 철망을 촘촘히 쳤다.
열 평짜리 닭집이 지어지는 동안 아이들은 아빠를 감독했다.

모이를 주러 오는 발자국 소리가 나면 흩어져 있던 닭들은 한 번에 날아와서 닭집 입구에 옹기종기 모였다.

"며칠 뒤부터 닭들을 풀어 놓아보자. 암탉이 집으로 들어오면 다들 따라올 거야."

"산으로 날아가면 어떡해?"

"그렇지는 않을 거야. 암탉과 수탉은 새끼 돌보느라 도망가지 않아!"

"닭집 문을 열었을 때 왠지 엄마 닭 따라서 닭들이 하늘로 날아가버릴 것 같아."

"터무니없는 상상 하지 마라. 우리가 키우는 건 새가 아니라 닭이야 닭!"

나는 우리가 키우는 건 일반 닭이 아니라 새에 가까운 야생 닭이란 말을 꿀꺽 삼켰다. 사춘기에 접어든 닭들, 그러니까 새벽마다 갈라지는 울음소리로 남편의 잠을 깨워놓곤 하는 녀석들은 평소에 나는 연습을 맹렬하게 하고 있었다.

나의 가장 큰 걱정은 어미 닭이 새끼들에게 나는 법을 가르쳐 훌쩍 날아가버리는 것이었다. 주유소집의 닭들처럼 여기저기 날아다니며 똥을 싸대면 골치가 아닐 수 없었다. 닭똥세례를 받은 나무들은 똥독으로 비실비실 죽어갔다. 주유소집 아저씨는 닭과 개 같은 짐승을 좋아하고, 깔끔한 주유소집 아주머니는 나무와 꽃을 좋아하는 바람에 사이좋은 두 사람이지만 닭을 사이에 두고 신경전을 벌인다고 했다. 게다가 명달리에는 우리 닭 같은 야생 닭을 키우는 닭백숙집이 있고, 이 집에서는 닭을 잡으려고 총을 쏜다는 소문이 있었다.

남편은 나의 걱정은 뒤로 하고, 어느 날 오후에 닭장 문을 활짝 열어 젖혔다. 잠깐 머뭇거리던 닭들은 암탉을 선두로 해서 어린 병아리들, 그 뒤를 중병아리들이 따라 나갔다. 다 자란 암탉과 수탉이 나가자 대장인 흰 수탉이 마지막으로 나왔다.

닭들은 검정 암탉의 인도 아래 닭장을 나와 모두들 딸기밭으로 들어갔다. 닭들은 매일매일 영토를 조금씩 넓혀갔다. 첫날은 딸기밭 초입까지 가더니 일주일쯤 지나자 쥐똥나무 울타리 뒤로 넘어가는 녀석도 간혹 눈에 띄었다. 쥐똥나무 울타리에는 뱀이 있는지라 나는 은근히 신경이 쓰였다. 녀석들은 나중에는 딸기밭과 반대쪽에 있는 텃밭 앞까지 진입했다. 남편은 처음에는 오후에 한두 시간 풀어주었지만 점차 풀어주는 시간을 늘려 나갔다.

검정 암탉은 쉬지 않고 땅을 파서는 꼬꼬거리며 병아리들에게 지렁이 같은 먹이가 있다는 걸 알려주었다. 며느리발톱이 있는 검정 암탉은 다른 닭들과 달리 발톱은 물론 발가락 한두 미디기 없었다. 쉼 없이 땅을 파헤치는 바람에 닳아버린 모양이었다. 그런 몽당발로 암탉

파란 시간이 되면 닭들은 자러 들어갔다. 암탉의 날갯죽지 안에는 열
마리 가까운 병아리가 들어 있다. 닭들은 밤에 모닥불을 피워도 일어
나지 않고 새벽이 될 때까지 푹 잤다.

은 새끼들을 위해 쉬지 않고 땅을 팠고, 먹음직스런 통통한 지렁이가
나와도 자신은 먹지 않았다.

"닭을 풀어주고, 풀어주고 나면 반드시 재빨리 닭장 문을 닫아. 닭
장에 들어가고 나갈 때 반드시 닭장 문을 잘 닫고, 주위를 잘 살펴. 그
렇지 않으면 쥐가 들어가. 한 마리라도 들어가면 큰일 나. 병아리를
다 물어 죽여."

닭을 풀어준 뒤부터 남편은 닭장 단속에 더욱 신경을 썼다. 닭들을 내게 맡기고 외출하는 날에는 닭장 단속을 잘했는지 전화로 물어보기까지 했다.

남편이 없더라도 닭 몰이는 걱정이 없었다. 검정 어미 닭은 노련했다. 해가 강 건너 산봉우리에 걸리면 어미 닭은 병아리들을 몰고 닭장 근처를 어슬렁거렸다. 집에 들어갈 시간이라는 것이다. 그때 닭장 문을 열어주면 꼬꼬거리며 병아리들을 몰고 들어갔다. 어미 닭은 병아리들을 몰고 둥지 안으로 쏙 들어가서 날갯죽지에다 품었다.

닭들은 어떻게 해 질 무렵이 된 걸 알까? 여름날에 오후 네다섯 시면 대기는 한창 뜨겁고, 낮인지 저녁인지조차 구분이 안 갈 만큼 밝은데도 어미 닭은 해 질 무렵이 되었다는 것을 알았다. 암탉은 둥우리에 들어가서 병아리들을 날갯죽지 안에 품고, 수탉 또한 암탉 옆에 자리를 잡았다. 다른 닭들도 각자 잠자리를 찾아서 들어갔다. 둥우리에 들어간 닭들은 깊은 잠에 빠져들었다. 닭들을 집으로 몰아넣은 뒤 나는 아이들을 집으로 불러들였다. 곧 파란 시간이 올 것이기 때문이다.

세상에서
가장
위험한 건
고양이의 앞발

　　　　　　　　닭을 키운 것은 달걀을 먹기 위해서였다.
암탉 네 마리만 있으면 매일 식구들이 달걀을 하나씩 먹을 수 있을 거
라고 생각했다. 그러나 그것은 어디까지나 사람의 생각이었다. 토종
닭도 아니고 알을 낳는 양계는 더더구나 아닌 우리 집 닭은 하루에 하
나씩, 또는 하루걸러 하나씩 알을 낳아 열 개쯤 모이면 품었다. 그때
부터 암탉은 둥우리에서 꼼짝도 않았다. 알을 품은 지 21일이 지나면
병아리가 태어났는데, 아홉 개쯤 알을 품으면 일고여덟 마리의 병아
리가 태어났다. 그러니까 우리 집 닭이 낳은 알은 거의 백 퍼센트 몸
에 좋다는 유정란이었고, 우리 집 암탉은 번식을 할 때 외에는 알을
낳지 않았다. 덕분에 우리 가족은 애초의 계획과 달리 거의 달걀을 먹
을 수 없었다. 알을 안 낳았기 때문이기도 하지만, 병아리가 될 알이
라는 걸 안 다음부터는 차마 먹을 수 없었다.

병아리를 품고 있을 때는 암탉이 특히 날카로워졌고, 병아리가 태어난 이후부터는 수탉이 날카로워졌다. 암탉은 병아리를 돌보느라 정신이 없었고, 수탉은 암탉 주변에서 늘 경계를 했다.

그러던 어느 날 암탉과 수탉이 평소와 달리 날카로운 소리를 내었다. 뛰어나가보니 병아리가 한 마리 없어져버렸다. 그 뒤부터 경계음이 들리면 하루에도 몇 번씩 방에서 신발도 안 신고 뛰쳐나갔다.

그러나 경계음이 들리면 사고는 이미 터져 있었다. 병아리 숫자를 세어보면 번번이 한 마리씩 없어졌다. 어떤 날은 하루 동안 두서너 마리가 없어지는 날도 있었다.

"누가 그랬을까?"

"애들에게 말하지 마. 난리 나. 쥐가 그랬을 거야."

"설마 뱀은 아니겠지?"

남편과 나는 범인이 누구인지 짐작할 수 없었다. 남편은 아침에 일어나자마자 닭장으로 가서 병아리의 수를 세고, 저녁에 밥을 줄 때도 병아리 수를 세었다.

쥐는 닭과 병아리들의 저승사자였다. 병아리를 품은 암탉은 잠이 들면 품 안에 있는 새끼가 없어져도 모르는 건 물론 쥐가 자신의 살을 파먹어도 모른다고 한다. 남편은 이 저승사자를 막기 위해서 닭집을 지으면서 아래를 깊이 파서 목판으로 방어막을 설치했다. 목판은 땅속으로 30센티미터는 족히 들어가서 웬만한 쥐는 들어갈 수 없었다. 닭집 전체를 그물로 감쌌는데, 이중으로 감싸 아무리 작은 뱀이라도 들어가지 못하게 했다. 만약에 쥐가 닭집에 들어갔다면, 문을 여닫을 때밖에 없었다.

"철망을 이중으로 쳤기 때문에 제아무리 뱀이라도 들어갈 수 없어."

"저 위쪽에는 두 겹이 아니잖아. 위로 기어 올라가서 다시 내려갈 수 있잖아."

"뱀이 아무리 빨라도 그렇게는 못 해. 몇 미터 위로 다시 올라가야 하는데."

그물처럼 촘촘한 철망 사이를 들어가려면 직경 1~2센티미터짜리 뱀이라야 했다. 우리 집에 있는 뱀은 그보다는 굵었다. 게다가 그렇게 작은 뱀은 병아리를 노리지 않을 것이다.

쥐도 같은 이유로 범인이 될 수 없었다. 촘촘한 철망 사이를 도저히 지나갈 수 없었다. 만약에 쥐라면 털까지 다 먹지는 않았을 것이었다. 한입에 꿀꺽 삼키지 않는다면 파먹다 남기는 것도 있어야 하는데 집 주변을 아무리 샅샅이 살펴도 부리나 발톱, 털 같은 병아리의 흔적이 남아 있지 않았다. 병아리들은 그야말로 귀신이 곡할 정도로 순식간에 감쪽같이 사라졌다.

그러나 완전범죄는 있을 수 없었다. 꼬리가 길면 밟히는 법이다. 그

뒷집에서 암탉 두 마리와 수탉 한 마리를 분양받고 달걀을 얻어왔다. 그런데 달걀 하나는 작은아이가 깨뜨려 그만 금이 갔다. "불쌍해서 어떡해. 병아리야!" 큰아이는 통곡을 하고 작은아이는 옆에서 어쩔 줄 몰라했다.

날도 암탉이 날카로운 소리를 질러서 나가보았더니 꼬리가 뭉툭한 노란 도둑고양이 한 마리가 울타리를 넘어가는 중이었다. 순간 닭장에서 병아리 숫자를 세어보니 한 마리가 모자랐다. 그 뒤에도 암탉이 소리를 질러서 나가보면 바로 그 도둑고양이가 도망가고 있었다. 범인은 바로 가끔씩 강아지 초롱이의 밥을 훔쳐 먹던 줄무늬 고양이였다.

도둑고양이를 막을 방법은 없을까? 하루 종일 남편과 내가 닭장 앞에서 지킬 수도 없는 노릇이었다. 초롱이를 닭장 앞에 묶어 놓을까도 생각해보았지만, 초롱이는 고양이에게 밥을 나눠 주는 사이였다.

"도대체 고양이는 어떻게 병아리를 잡아가는 거지?"

고양이가 병아리를 어떻게 채 가는지 궁금하지 않을 수 없었다. 작은 병아리를 한입에 꿀떡 삼키는 것은 상상할 수 있지만, 어떻게 채 가는 것인지는 상상도 할 수 없었다. 남편은 며칠 뒤에 고양이가 어떻게 병아리를 채 가는지 알아냈다.

"발을 닭장 안에다 놓고 가만히 있는 거야. 그러면 병아리들이 돌아다니다 근처로 와서 콕콕 쪼아본대. 그 순간 낚아채는 거래."

"그걸 누가 봤대?"

"응 주유소 아저씨가 그랬어. 쥐들도 영악하대. 달걀을 살살 굴려쥐 구멍으로 떨어뜨리고 따라 들어간댔어."

닭들은 흙 속에 섞여 있는 작은 모이까지 골라 먹을 정도로 시력이 좋은데, 문제는 닭들이 고양이를 보더라도 고양이의 위험성을 즉각 알아채지 못한다는 것이다. 호기심 많은 병아리가 고양이의 앞발을 건드리다 낚아채여 가는 순간에야 수탉과 암탉이 경고음을 내는 모양이었다. 그렇지 않고서야 닭들이 번번이 고양이에게 당할 리가 없었다.

남편은 철망 사이에 벌어진 틈을 발견하고는 눈을 반짝였다. 병아리들은 공만큼 커 보이지만 털을 빼고 나면 그물코 사이로 나올 만큼 작다. 고양이의 앞발도 털북숭이여서 커 보일 뿐 실제로는 그물코 사이로 나올 만큼 작다.

"저길 막아야 해."

남편이 말한 곳에는 작은 틈이 있었다.

그러나 고양이는 그 뒤로도 자주 출몰했다. 경계음은 그 뒤로도 계속 들렸고, 뛰어나가보면 늘 병아리가 한 마리씩 없어졌고, 잘 찾아보면 울타리에 틈이 있었다. 고양이 앞에 속수무책이긴 수탉이나 우리나 마찬가지였다. 울타리의 벌어진 틈은 늘 뒤늦게 발견되었다.

꼬리가 뭉툭한 그 도둑고양이는 병아리들을 채어 먹고 피둥피둥하게 살이 올랐다. 우리는 늘 유유히 사라지는 그놈의 탐스런 털과 유난히 부드러워 보이는 꼬리와 묵직한 엉덩이를 노려볼 뿐이었다.

꽃밭
주인
밀짚모자
아저씨

뒷집 1층에 살던 아주머니가 이사를 가자 새로운 이웃이 생겼다. 새로운 이웃은 토요일과 일요일 아침만 되면 밀짚모자를 쓰고 마당에서 종일토록 일을 했다. 동네 사람들처럼 밭을 일구는 게 아니라 꽃밭을 일구었다. 스프링클러를 마당에 설치하고 이리저리 기하학적으로 구획을 한 다음 이름도 모르는 모종들을 심고 씨를 뿌렸다. 밭이었던 자리는 꽃밭으로 변신했고, 멀리서 보면 시계탑 아래의 꽃밭처럼 꽤나 거대해 보였다. 문호 4리에서 가장 큰 꽃밭이라고 해도 틀린 말은 아닐 듯싶었다. 아저씨는 하루 종일 쉬지 않고 일을 했지만, 어떤 일을 했는지 거의 표가 나지 않을 정도로 꽃밭의 일은 많았다.

밀짚모자 아저씨는 마치 모네의 정원사라도 된 것처럼 수생식물부터 시작해서 칸나, 맨드라미, 팬지를 심었다. 우리 집이 밭에다 서른여섯 가지의 채소를 심었다면 그는 서른여섯 가지가 넘는 꽃을 심었다.

동네 어른들이 가장 철없다고 생각하는 사람은 바로 그 밀짚모자를 쓴 아저씨였다. 귀한 땅에 먹지도 못할 꽃들을 잔뜩 심은데다, 수도세 걱정도 없이 하루 종일 스프링클러를 틀어대고 있었으니!

"수도세 얼마나 나올까?"

"10만 원은 넘겠지. 우리가 지난달에 5만 원이 나왔으니……."

밭에다 뿌려대는 물 때문에 수도세가 5만 원이 넘게 나온 뒤부터 우리 가족은 아저씨의 수도세 걱정을 대신 하기 시작했다. 하루 종일 스프링클러를 틀어놓으면 모르긴 해도 우리 두 배는 나올 듯했다.

어른들은 스프링클러의 등장에 혀를 찼지만, 문호리의 아이들은 환호했다. 우리 집 두 아이와 뒷집의 성경이까지 가세를 해서 틈만 나면 몰려가서 샤워를 즐겼다. 하루에 몇 번씩 세 아이들은 물에 빠진 생쥐가 되어서 성경이네 집이나 우리 집에 뛰어 들어오곤 했다. 스프링클러가 있는 꽃밭은 아이들에게는 천국이었다. 수수한 들꽃만 보던 아이들은 강렬하고 화려한 외국 꽃을 보고는 반쯤 넋이 나갔다. 큰아이는 키 큰 글라디올러스에, 작은아이는 칸나에 매료되었다. 작은아이는 어린이집에 가기 전에 들러서 칸나꽃을 쓰다듬었고, 갔다 와서도 옆집으로 기서 칸나부터 살폈다.

여의도에 있는 한 방송사의 외신국장으로 있던 밀짚모자 아저씨는 새벽 5시만 되면 부릉거리며 집에서 나갔다. 차가 나가면 우리 집 수탉이 울었다. 8시쯤 되어 아줌마가 나가는 기척이 들리면 나는 아이들을 학교에 보낼 준비를 했다. 낮 동안 집은 빈집이 되었고 아이들과 나는 밀짚모자 아저씨의 꽃밭에서 어슬렁거렸다. 보리밥만 먹다 달콤한 케이크를 먹는 기분이라고나 할까!

그러나 즐거움은 잠깐이었다. 아저씨의 꽃밭은 꽃이 피기 시작할 무렵 환하더니 하루가 다르게 잡초에 파묻혀버렸다. 비료와 스프링클러는 잡초를 자라게 하기에 더없이 좋은 환경이 되었다. 나날이 시들시들해지는 꽃들과 달리 잡초들은 윤기가 흘렀다. 어느새 키다리 글라디올러스나 칸나조차도 개여뀌 개귀리 같은 잡초들과 키 싸움을 벌일 정도가 되었다. 아저씨는 밀짚모자를 벗을 새도 없이 점심으로 자장면을 시켜 먹으며 일을 했건만 꽃밭은 폐허가 되어갔다. 아저씨는 일을 처음 하는 사람처럼 꼼지락거리는데다가 늘 뭘 해야 할지 곰곰 궁리를 하면서 꽃밭 가운데 앉아 있는 것 같았다.

아저씨의 꽃밭에 마지막까지 가장 열렬한 관심과 찬사를 보낸 문호 4리의 주민은 작은아이였다. 잡초에 파묻힌 뒤에도 매일 가서 꽃들의 안부를 묻고 왔다. 만지지 말라고 해도 이런저런 꽃들을 만지고 때로는 옆에 있는 풀도 뽑곤 했다.

'칸나가 지면 어떡하지. 애가 얼마나 서운해할까?'

3월부터 9월까지 우리 집에서는 늘 꽃이 피었다. 목련이 봉오리를 터
뜨리면 뒤이어 철쭉이, 조금 있어 며느리밥풀꽃이 꽃망울을 터뜨렸다.
아이들은 3월부터 9월까지 꽃그늘을 찾아다니며 놀았다.

잡초에 치일 때부터 시들거리던 꽃들은 제법 쌀쌀한 기운이 감돌자 씨를 맺지도 못한 채 서둘러 져버렸다. 8월이 되자 피튜니아가 지고 팬지꽃이 지고 마거릿도 지고 새의 부리 같던 칸나도 져버렸다.

어떤 곳은 물을 너무 많이 주어 습지처럼 이끼가 끼어버렸고, 어떤 곳은 잡초가 너무 웃자라 잡초 밭이 된 꽃밭. 그 꽃밭에서 나는 졸지에 우리 동네에서 가장 철이 없는 사람이 되어버린 그 밀짚모자 아저씨의 꿈이 뭔지 어렴풋이 알 것 같았다. 커다란 돌우물 안에서는 부레옥잠 같은 수생식물이 자라고 있었고, 흘러넘치는 물이 고이는 그 발치에는 붓꽃과 창포가 자라고 있었다.

여름이 다 갈 무렵, 나도 밀짚모자를 하나 샀다. 그리고 밀짚모자를 쓴 아저씨의 이사 소식을 들었다. 밀짚모자 아저씨는 새로 만든 명함한 장을 내밀고 이삿짐차 뒤를 따랐다. 제주도에 오면 꼭 전화를 달라는 말을 남기고.

지를
만드는
철

       예전 할머니들이 된장을 만드는 때, 메주를 띄우는 때 같은 그 무수히 많은 때들을 어떻게 지키며 사는지 참으로 궁금한 적이 있었다. 할머니인 친정어머니만 해도 장을 담지 않는 해에도, 햇볕이 좋은 날이면 툇마루에 나앉아 정월 초에는 무엇을 하고, 3월에는 또 무엇을 하고 고시랑고시랑 일타래를 엮고 있었다.

  시골서 살다보니 나도 그 때를 조금씩 알게 되었다. 다른 건 몰라도 장마가 시작되기 직전은 지를 만드는 때다. 오이와 양파의 수확이 그즈음에 가장 많다. 농사는 사람이 짓는 것이 아니라 하늘이 짓는다. 농사일은 하나에서 열까지 때에 따라 움직인다. 그 때에 씨를 뿌려야 하고, 수확을 해야 한다. 오이는 장마가 오면 물러지고, 장마 이후에는 오이 덩굴이 말라버린다. 양파와 감자는 장마 오기 전에 캐지 않으면 썩어버린다. 서울의 슈퍼에서는 가격 차가 별로 나지 않지만, 문호리 슈퍼에서는 장마 직전에 오이와 양파, 감자가 평소의 반값이다. 농민들이 더 늦기 전에 마지막 수확을 해서 시장에 내다 팔기 때문이다. 깻잎도 하우스 깻잎이 아니라면 장마 전에 먹어야 한다. 그러고 보면 한여름의 식단은 장마 전에 수확한 것들로 때우는 셈이다. 장마 이후에 나오는 것이라고는 가지와 고추, 호박 정도다.

지를 만드는 철이 되었다는 건, 뒷집 성경이 엄마의 부산한 손끝을 보면 알 수 있다. 빵을 잘 만드는 호겸이네가 이사를 가자 김치와 지를 잘 담그는 성경이 엄마가 이사를 왔다. 장마가 오기 전 성경이네 엄마는 텃밭의 깻잎을 따고, 양파를 캐고 오이를 사 온다.

오이지를 담글 때는 잘 씻은 오이를 서너 개씩 쥐고 뜨거운 물에 넣었다 꺼낸 다음 항아리에다 차곡차곡 넣는다. 그 위에 끓여서 식힌 소금물을 붓고 묵은 짚을 한 줌 갈무리해 덮은 다음 무거운 돌로 꾹 눌러놓는다. 소금의 양을 잘 가늠하는 게 오이지를 잘 담그는 비결인데, 성경이 엄마는 커다란 냉면 그릇으로 늘 가늠하곤 했다. 오이는 이렇게 20일 정도 삭힌 다음 다시 물을 끓여 부어 열흘 정도 더 삭혔다.

성경이 엄마는 깻잎지도 오이지와 같은 방법으로 담갔다. 깻잎을 스무 장쯤 한 손에 쥐고 뜨거운 물에 살짝 넣었다 꺼내면 파릇파릇해지는데, 여기다 간장과 소금 다시마를 넣고 달인 물을 부은 뒤 마늘과 양파를 넣어 돌로 꾹 눌러놓았다. 약간 심심하게 간을 한 그 깻잎지를 얻으러 나는 생쥐가 알밤 꺼내 먹으러 광으로 가듯 뒷집을 들락거렸다. 고추에 뜨거운 물을 살짝 끼얹은 다음 바늘로 구멍을 몇 개 내서 담근 고추지도 별미였다. 손가락이 짧고 끝이 뾰족뾰족한 성경이 엄마의 손끝은 탱탱 야물었다. 그 손을 거치면 꼭 나야 하는 맛이 났다.

"들어간 재료는 같은데 나는 왜 안 되지?"

"그게 손맛이야."

남편은 애꿎은 내 손을 탓했지만 나는 그 이유를 알았다. 음식은 감으로 해야 하는데 나는 계량하기 급급했던 것이다. 또 다른 이유는 누름돌 때문이다. 문호리의 아줌마들은 이사를 할 때 누름돌을 꼭 챙겨간다. 성경이 엄마도 김치용 오이장아찌용 깻잎이나 고추장아찌용 누름돌을 가지고 있었다. 오랜 시간 담가 온 매운 눈썰미로 대중을 해서 간을 맞춘 다음 누름돌로 꾹꾹 눌러놓는 것이다.

지가 다 익어서 제맛이 나기 시작하면 슬슬 장마 소식이 들려왔다. 텁텁하고 무거운 공기에 숨이 턱턱 막혀오는 한낮, 찬밥을 물에 말아 짭조름하고 새콤하고 매콤한 장아찌를 올려 먹는 맛이란! 덥고 후텁지근한 날에 먹는 잡스런 맛이라고는 없는 '지'. 지는 정갈한 손끝의 맛이자 오래 묵은 살림의 맛이기도 했다. 이듬해 성경이네가 군산으로 이사를 간 뒤에도 지를 담는 철이 오면 나는 성경이네 집 쪽을 바라보곤 한다.

풋자두
한
양동이

         수다쟁이 개구리가 왁왁대며 울고, 무거운 뭉게구름이 어느 순간 하늘을 다 덮어 마치 물먹은 솜처럼 걸려 있었다. 짙은 회색 장막을 뒤집어쓴 것처럼 강물의 빛도 한없이 무겁고 축축했다. 이미 안개에 충분히 젖은 나무들도 짙은 초록이 되어 비옷을 입은 것처럼 뚝뚝 초록물을 떨어뜨리고 있었다. 저기압 탓에 며칠째 머리가 깨질 듯이 아팠다.

  불행하게도 나는 아파서 누워 있을 새가 없었다. 우리 가족은 당장 장마 준비에 들어갔다. 아이들은 방을 말끔히 치웠다. 온 집 안을 락스로 닦은 다음, 스팀 물걸레로 닦고 나서 다시 한 번 마른 걸레로 닦았다. 물이 새는 창고에는 젖을 만한 것을 다 치웠다. 집안일은 밭일에 비하면 아무것도 아니었다. 남편은 참외와 호박은 흙에 눕지 않게 흙방석을 만들어 그 위에다 올렸다. 물이 넘칠 것을 대비하여 밭고랑을 깊이 팠다. 물이 잘 빠져나가게 물길도 만들어주었다.

나는 호박이나 오이 토마토같이 밭에서 딸 수 있는 것들은 미리 다 따 놓았다. 장마가 지고 땡볕이 나면 그때부터는 채소들을 먹지 못하게 된다. 장맛비에 썩거나, 썩지 않은 것들은 점차 뻣세져 맛이 없었다. 노지에서 채소를 키울 경우 맛있는 채소를 먹는 철은 6월 한 달 정도였고, 장마는 그 철이 지나가는 신호였다.

남편은 닭장도 비가 새는지 잘 살피고, 짚을 새로 깔아주었다. 나는 하루하루 하늘을 보며 그동안 이불 빨래를 하거나 한 번이라도 입은 겉옷들을 모두 빨아서 잘 말려 두었다. 밭에서 나온 것들로 밑반찬을 만드는 것으로 장마 채비를 끝냈다.

타이레놀 아스피린은 물론 게보린까지 안 듣던 날 아침, 나는 마침내 올 것이 왔다는 걸 직감했다. 귓전에서 우르르 쾅쾅 하는 천둥소리가 나더니 요란한 빗소리가 이어졌다.

개목사님이 온 것은 바로 그날 아침나절이었다. 현관문을 열자 음침한 구름을 배경으로 산발을 한 그가 서 있었는데, 손에는 양동이가 들려 있었다. 물 냄새가 훅 끼쳐 나는 또 강에 투망을 던지러 갔다 온 모양이라고 생각했다. 만약에 양동이에 든 게 물고기라면 아이들 몰래 강에다 풀어줄 작정을 하고 있있다.

"이거 애들 주세요."

양동이를 받아 든 나는 당혹감을 감추지 못했다. 양동이 안에는 풋자두가 가득 들어 있었다. 신 것을 잘 먹는 나도 자두에 이를 박지 못할 지경이었다. 냄새만 맡아도 입안에 침이 고였다.

"어디 가서 따셨어요?"

"내 나무. 저기 가면 있는 내 나무."

개목사님은 양동이를 돌려주기도 전에 휙 하고 나가버렸다. 그의 나무가 있는 곳을 우리 식구들은 모른다. 누군가의 자두나무를 보살펴 주는 것인지, 남의 집 농장에 들어가서 따 온 것인지, 아니면 그의 말대로 자기 나무에서 따 온 것인지 알 길이 없었다. 자두는 군데군데 벌레를 먹은데다가 못생겨서 따다가 팔 수도 없어 보였다.

"버려. 그걸 어떻게 먹겠어?"

남편은 너무 풋자두라 두어도 익지 않는다고 했다.

개목사님은 장마가 올 걸 알고 아마도 새벽부터 대나무 장대를 들고 나무에 올라가 자두를 털었을 것이다. 자두를 베어 물 때마다 후드득 거리는 비를 맞으며 까마득히 위에 있는 자두들을 따는 개목사님을 상상했다. 20년이 넘은 자두나무들은 키가 까마득히 크다고 했다.

아이들은 풋자두를 잘도 먹었다. 앞니가 빠진 큰아이는 야금야금 생쥐처럼 갉아 먹었다. 아이들의 이빨 자국이 난 자두가 장마 내내 온 집 안에 뒹굴었다.

하늘로
소풍 간
암탉!

장마는 우리 가족 모두에게 고통을 안겨주었다. 습기 찬 집에는 벌레들이 더욱 스멀거렸고, 습기를 말리기 위해서 보일러를 틀어대면 집은 찜통이 되었다. 습기를 견뎌내기는 동물이 인간보다 어쩌면 더 힘들지도 몰랐다. 장마가 시작되자 하루가 다르게 닭들은 윤기를 잃어가더니 한두 마리씩 쓰러지기 시작했다. 다리에 마비가 와서 잘 못 걷는 놈이 한 놈씩 생겼다. 책에서 보니 병든 닭이 있으면 무조건 골라내어 땅에 묻으라고 되어 있었다. 차마 그렇게 못하고 마지막을 가족 곁에서 보내라고 두었다. 그런데 그게 화를 키운 꼴이 되었다.

닭이 걸린 병은 일명 '조류독감'. 바이러스에 의해 전염되는 돌림병이었다. 벗과 입안에 물집이 생기기 시작해서 결국에는 다리 등 전신에 마비가 와서 죽는다고 했다. 양수리로 양평읍으로 동물병원에

약을 사러 쫓아다녔지만 헛수고였다. 우리가 살 수 있는 약은 항생제밖에 없었고, 예방을 목적으로 맞히는 주사는 양계장같이 집단으로 닭을 키우는 곳에만 놓아준다고 했다. 남편은 매일 항생제를 먹이고 닭들을 잡아다가 상처를 소독해주고 닭집 구석구석에다 소독약을 뿌렸다.

그러나 아무리 노력해도 결과는 참담했다. 병아리들이 병에 걸려 시름시름 아프더니 어른 닭에게도 전염이 되었다. 남편은 아침마다 죽은 닭들을 쥐똥나무 울타리에 묻었다. 혹 아이들이 죽은 닭을 보게 될까봐 새벽같이 일어나 삽을 들고 닭장에 갔다.

긴 장마가 끝나자 갓 태어난 병아리들과 그보다 3개월 전에 태어나 중닭이 된 병아리들은 다 죽고, 엄마 아빠인 검은 암탉과 흰 건달 수탉만 남게 되었다. 다시 알을 낳아서 병아리를 까면 된다고 위로했지만 살아남은 두 마리의 닭들도 비실거리긴 마찬가지였다. 암탉의 볏에 물집이 생긴 걸 보고 푸덕거리는 놈을 잡아다 약을 발라주었다. 그녀석은 남편의 팔뚝에 피가 배어 나올 정도로 깊고 긴 발톱자국을 남겼다. 나는 남편 몰래 인삼가루까지 주었건만 얼마 지나지 않아 검은 암탉이 죽고, 남은 수탉마저 이틀 뒤에 죽었다.

아이들은 병아리가 한 마리 한 마리 없어질 때마다 울었다. 그때마다 나는 병아리들이 나는 법을 배워서 하늘로 날아갔다고 했다.

"우리 집 닭들은 닭이 아니야. 주유소집 2층에서 닭들이 노는 거 봤지? 쟤네들의 조상은 새야. 그래서 쟤들은 잘 날아다녀. 엄마에게서 나는 법을 배워서 친구들 따라 날아간 거야. 우리 집에 새들 많이 오잖아. 닭들은 새들과 같이 하늘에서 살아."

그러나 검정 암탉이 없어졌을 때 큰놈은 주저앉아 대성통곡을 했다.

"암탉아! 우리 예쁜 암탉아! 어디로 갔니?"

큰아이는 섧디섧게 울면서 밥도 먹지 않았다. 큰아이는 그동안 닭들의 엄마였다. 닭 모이를 주고 물그릇을 깨끗이 씻어 놓는 등 닭들을 돌봐 왔다. 수탉의 탐스런 꼬리를 쓰다듬는가 하면 병아리를 손바닥에 올려놓고 만지기도 했다.

"애들은 엄마가 키우지? 그렇지? 엄마 닭이 아기 닭들 걱정이 되어서 같이 간 거야. 어딘가에서 잘 돌보고 있을 거야. 식구들끼리 있는 게 좋잖아."

큰아이가 울음을 그칠 때는 설명을 들을 때 그때뿐이었다. 울먹이며 닭들의 안부를 몇 번이나 물어왔고, 나는 수십 번도 더 같은 이야기를 해주었다. 한동안 큰아이의 눈은 판다 곰처럼 짓물러 있었다. 닭이 생각날 때마다 닭똥 같은 눈물을 뚝뚝 흘렸다.

"엄마 우리 닭들 나중에는 올 거지? 우리 보고 싶어서 올 거지?"

하루 종일 닭이 무엇을 하며 지내고 있을지 물어보는 큰아이에게 대

큰아이는 닭 엄마가 되었다. 모이를 주고 하루에 두서
너번씩 물을 갈아주었다. 발로 땅을 파는 닭의 습성
때문에 모이통과 물통은 늘 흙투성이였다. 닭집에 들
어가면 흰 수탉의 꼬리를 한번 쓰다듬고, 어떤 날은
흩어진 깃털을 주워 오기도 했다.

답하는 것도 지쳐버렸다. 나는 아이의 관심을 다른 데로 돌리기 위해 마지막 카드를 꺼냈다.

"엄마가 강아지 키우게 해줄게! 우리 내일부터 개집 짓자."

문호리에는 시를 쓰는 선생님이 계셨고, 그분을 일전에 뵈었을 때 집에 두 달 된 강아지가 한 마리 있으니 데려다 키우라고 한 게 떠올랐다. 그게 더 큰 화근이 될 것이라고 남편이 경고했지만 나는 일을 저지르는 쪽을 택했다. 우리 가족 모두 정든 닭들을 잊어버릴 구실이 필요했다. 나는 병아리와 수탉과 중닭, 무엇보다 부지런한 검정 암탉의 모습이 눈앞에서 아른거려 뒤뜰 근처에는 가지도 않았다. 우리는 닭집을 짓고 남은 나무판으로 개집을 지었다. 남편은 개집에다 문을 달아주었고, 아이들은 페인트칠을 하고 크레파스로 그림을 그렸다. 모든 준비를 마친 다음 우리는 강아지를 데리러 갔다.

엄마가
된
초롱이

귀에 노란 무늬가 있는 하얀 강아지 아롱이는 우리 집에 와서 초롱이가 되었다. 아롱이는 선생님이 십여 년을 키운 똘똘이의 여식이었다. 똘똘이는 잡종개였고, 주인집의 몰티즈 잡종개와 정분이 나서 강아지를 여섯 마리 얻었는데 그중에 막내였다.

개학을 한 큰아이는 반 친구들을 번갈아가면서 불러 왔다. 초롱이를 자랑하기 위해서였다.

"나도 이제 강아지 키운다!"

큰아이가 초롱이를 반 아이들에게 자랑하는 동안 작은아이는 몰래 뒤뜰로 가서 훌쩍거렸다. 남편 말대로 강아지를 키우기 시작한 건 더 큰 화를 불러왔다. 아이들은 서로 초롱이의 주인이라고 싸우기 시작하더니 끝내 각자 한 마리씩 자기 강아지를 갖고 싶어했다. 아이들은 번갈아가면서 초롱이의 귀에다 대고 예쁜 강아지를 한 마리만 낳아

초롱이의 집은 전국에서 단 하나뿐인 개집이었다. 차양이 달린 개집. 차양은 참으로
요긴했다. 비가 올 때 내려주면 비가 들이치지 않았고, 추운 겨울에는 꼭 닫아주었다.

달라고 귀엣말을 했다.

초롱이의 생리가 시작되자 나는 비상이 걸렸다. 동네에는 초롱이를 호시탐탐 노리는 개들이 많았다. 개목사님 댁에는 이름도 성도 모르는 개가 다섯 마리나 있었다. 그중에서 누렁이는 암캐였지만 나머지 개들은 수캐였다. 개목사님과 개사돈이 되는 것만은 싫었다.

개목사님의 상처를 알게 된 이후에 나는 모질게도 아이들을 단속하기 시작했다. 개목사님의 딸아이는 교통사고를 당한 채 내가 무연히 강물을 바라보는 밭둑에 버려졌다고 한다. 뺑소니 운전사는 아이의 가슴에 커다란 돌을 눌러 놓아 여리게라도 쉬고 있을지도 모르는 숨을 끊어놓았다. 그는 그 뒤부터 술을 입에 대기 시작했고, 비가 오거나 아이 생각이 간절한 날에는 실성한 사람처럼 헛소리를 하며 동네를 돌아다녔다. 밤에도 가슴에서 불이 확확 올라와서 잠을 못 이루어 소리를 지르거나 술을 마신다고 했다. 나는 혹시나 아이들이 혼자서 개목사님 댁으로 가서 놀까봐 전전긍긍했다.

"아이들 단속하느라 머리가 아픈데 이제는 개 단속까지 하게 되었으니 아이고 내 팔자야."

"그러게 개를 왜 키워!"

남편은 초롱이 이야기만 나오면 잔소리를 시작했다. 개가 예쁘면 보기만 할 것이지 왜 키우느냐, 개를 돌보는 것도 어린아이 하나 키우는 것만큼이나 손이 많이 가는데 왜 그런 미련한 짓을 하느냐는 것이다. 잔소리로 미루어 짐작컨대 초롱이를 지키는 임무는 순전히 나의 몫이었다. 밤마다 나는 마당가에서 들리는 발자국 소리에 귀를 기울였다. 밤에는 소리들이 더 잘 들리는 덕분에 자갈을 밟는 발자국 소리만 듣고도 누군지 금방 알아챘다. 개들은 네 발을 번갈아 바닥에 놓다 보니 4분의 4박자의 경쾌한 발놀림이 전해졌다. 기척이 느껴지면 나는 와락 창문을 열고는 소리를 질러댔다.

"가, 가란 말이야. 안 가!"

일부러 개목사님 들으라는 듯이 큰 소리를 내었다. 그즈음 개목사님에 대한 나의 불만은 서서히 극에 달했다. 그는 버리고 가는 개들을 거두어들이기만 할 뿐 제대로 먹이거나 씻기지 않았다. 나는 개목사님만 보면 찬바람이 쌩쌩 나게 돌아서 왔다. 밤마다 보초를 서는 것도 모자라 초롱이 집의 위치도 현관 바로 앞으로 옮겨버렸다.

그러나 로미오와 줄리엣은 결국 만난 모양이었다. 밤새 아무리 지켜도 아침이면 보란 듯이 개집에서 세 마리의 개가 나갔다. 추운 겨울 동안 개들은 서로 체온을 나눌 뿐 아니라 밥도 나누었다. 나는 사팔뜨기가 되도록 개목사님 개들을 째려보았지만 개목사님네 개들은 초롱이의 밥그릇을 싹 비운 채 유유히 사라지곤 했다.

초롱이의 배는 봄이 오기 전에 볼록해졌다. 초롱이가 집 밖에 나오지 않은 날 아침, 남편은 새로운 가족이 늘었음을 알려왔다. 초롱이는 아이들의 부탁대로 새끼를 두 마리 낳았다. 나는 미역국을 끓여 들고 초롱이 집 앞에서 기다리고, 아이들은 강아지를 보기 위해서 고개를 빼고 기다렸다. 초롱이는 거의 2주일 동안 밖으로 나오지 않은 채 두 마리 강아지들을 품었다.

"우리 집 초롱이 강아지 낳았다."

"초롱이가 강아지를 두 마리를 낳아서 내 강아지가 생겼다."

큰아이는 반 친구들에게 자랑을 했고, 덕분에 반 아이들도 초롱이 집 앞에서 똥 마려운 강아지처럼 왔다 갔다 했다. 윗집 성경이네, 성경이 엄마, 동네 아주머니들, 동네 안쪽의 할아버지들까지 초롱이 새끼들을 기다리고 있었다.

초롱이는 어느 날 아침 노랑 강아지 한 마리와 흰 강아지 한 마리를 데리고 나왔다. 배내털에 싸인 분홍색 발바닥을 가진 강아지들은 뒤뚱거리며 어미를 따라 돌아다녔다. 덩치가 큰 강아지는 큰아이가, 작은 강아지는 작은아이가 주인이 되었다.

"난 티티라고 부를 거예요."

"난 이티라고 부를 거야."

"그래, 그럼 임마는 초롱이 주인 하고, 이제부디 자기 강아지 지기가 돌보기다. 너희들이 물을 갖다 주고 밥도 주고, 똥도 치워. 아빠는 아무것도 안 할 거다.”

식구가 불어난 것이 못마땅한 남편은 퉁퉁거리며 규칙을 정했다.

아이들이 ‘엽자’ 돌림의 이름을 가진 것처럼 강아지들은 ‘티’ 자 돌림의 이름을 가지게 되었다. 티티는 장난이 심하고 많이 먹었다. 반면 이티는 소심하고 적게 먹었다.

배내털에 덮인 채 뒤뚱뒤뚱 걸어 다니는 강아지는 잔소리 대마왕의 서릿발 같은 마음도 녹여버렸다. 희한하게도 강아지가 태어나자 모든 사정이 달라졌다. 강아지들의 아버지뻘 되는 개목사님의 털북숭이까지 예뻐 보이게 되었으니.

양귀비
잎에
쌈 싸 먹다

우리 집은 농사꾼이 살던 집이라 안마당 뒷마당을 가리지 않고 울타리 안에서 푸릇푸릇 돋는 것들은 다 반찬거리였다. 남편은 밥때가 되면 집 안 곳곳을 돌며 한 움큼씩 풀을 뜯어 오곤 했다. 풀이라 부르는 것은 고들빼기 왕고들빼기 민들레 곰취잎 같은 것들이다. 남편은 그것을 고추장에 싸서 아삭거리며 먹곤 했다. 먹는 소리만 들어도 맛있었다.

'소도 아니고, 염소도 아니고, 그렇다고 사슴은 더더구나 아니고……'

풀을 먹는 게 신기해서 나는 늘 밥상머리에서 남편이 먹는 걸 훔쳐보곤 했다. 민들레나 왕고들빼기 등은 꺾으면 흰 진이 나는데, 흰 진은 사포닌 성분이다. 인삼에나 들어 있는 사포닌은 피를 맑게 하고 기침을 멎게 한다.

"흰 진이 나는 풀은 약이야. 사슴이나 고라니 같은 동물들은 그런 풀을 유독 좋아해.

뒷집 할머니의 약이라는 소리에 귀가 번쩍 뜨였다. 감기만 걸렸다 하면 목감기이고, 한 달은 끙끙 앓아야 떨어지는 나로서는 귀가 솔깃할 수밖에 없었다. 사포닌만한 거담제가 없다는 것이 약사인 동생의 설명이었다. 그때부터는 풀이 마치 "나 여기 있어요" 하는 것처럼 내 눈에도 띄기 시작했다.

그러던 어느 날, 나는 새로 돋는 풀 앞에 쪼그리고 앉아 있었다. 한눈에 봐도 생김새가 예사롭지 않았다.

뒷마당 그늘진 곳, 잡석 틈에서 꽃대가 안간힘을 쓰면서 돌 틈새를 비집고 나오는 중이었다. 꽃대가 쑥 올라오는 게 조금 수상했지만, 그늘에서 자라다 보니 웃자랐거니 생각했다. 꽃대는 있었지만 잎은 치커리처럼 보였다. 치커리가 아니더라도 쌈밥집 상 위에서 꼭 본 듯했다. 남편이 밭에 심은 치커리는 언제 자랄지 몰라, 나는 제법 자라나온 포기에서 잎을 똑똑 땄다.

"예전 주인이 심어 놓은 건가 봐."

"이거 뭐야? 무슨 잎인지 모르잖아."

"모르긴 해도 예전 주인이 심어 놓은 거니 먹는 거겠지? 안 그래?"

삼겹살을 구워 상을 차린 나는 조금 이상하게 생긴 치커리를 내밀었다.

"싫어, 뭔지 알고 먹어야지!"

속으로는 염소나 사슴은 풀의 종류를 모르고 먹어도 보약만 찾아 먹는다는 소리가 절로 나왔지만, 꿀꺽 말을 삼켰다.

"집 뒤에 있던 건데……, 생긴 게 범상치 않아. 딱 보니 일부러 심은 거야. 잡풀은 아닌 모양이니까 그냥 먹어. 내가 보기엔 치커리야."

인터넷에서 치커리를 찾아보긴 했지만, 자신은 없었다. 치커리일 것이라고 확신하고 찾아봤는데 잎 모양이나 줄기 모양이 좀 달랐던 것이다.

그 며칠 뒤, 그 예사롭지 않은 잎을 다시 따러 가서 보니 잎을 딴 자리에 검은 진이 말라붙어 있었다.

'설마?'

꽃봉오리에서 꽃이 터지고 나서야 나는 비로소 그 풀의 정체를 알게 되었다.

한 번도 양귀비꽃을 본 적은 없지만, 그 꽃이 양귀비꽃이라는 걸 직감했다.

"얼마 전에 먹은 거 그거 치커리가 아니라 양귀비야."

"내 그럴 줄 알았다. 치커리라며!!"

잠시 후 마을 할아버지를 만나고 온 남편은 싱글벙글했다.

"원래 양귀비 잎에 쌈을 싸 먹는대."

남편은 양귀비 잎에 삼겹살을 싸 먹었으니 제대로 보약을 먹은 셈이었다.

"하긴 시골에서는 배가 아플 때 파리 눈알만큼씩 양귀비를 먹었어. 우리 진이나 모아 놓을까?"

"그거 언제 모아. 꽃이나 보고 말지……."

꽃이 피면서부터 나는 아침마다 뒤뜰로 가서 꽃 앞에 앉아 있었다. 진을 모으려면 다음 해에 꽃을 보지 못한다. 꽃이 지고 난 뒤 동그란 씨방에 날카로운 칼로 칼집을 내면 끈적끈적한 검은 진이 눈물처럼 배어 나온다. 그 진을 모아서 만드는 아편은 독할 만했다. 그 아름다운 꽃을 멸절시켜야 얻을 수 있는 게 아편이니!

얇은 종잇장 같은 꽃은 바람꽃 아니랄까봐 채 몇 시간도 피어 있지 않았다. 꽃봉오리가 벌어지면서 꽃이 피는가 하더니 오후가 되자 꽃잎이 하나씩 떨어지기 시작해서, 해 질 무렵 네 장의 꽃잎은 어디론가 다 날아가버렸다. 다른 꽃들처럼 시든 채 떨어지는 게 아니라 가장 곱고 환할 때 한 장씩 떨어져 나갔다. 시들지 않은 채 지는 꽃은 동백과 양귀비뿐인 모양이다. 동백은 송이째 떨어지지만 양귀비는 훌훌 옷을 벗어 던지듯 꽃잎을 벗어 던졌다. 피는 것도 한순간이지만 지는 것 또한 찰나였다. 한나절은 눈 깜짝할 새 지나갔다. 아이들은 그 크고 예쁜 꽃, 저마다 같은 색이 하나도 없는 양귀비를 보기 위해 뒤뜰을 들락거렸다.

나와 아이들은 날아가는, 너무 얇아 습자지 같은 꽃잎들을 주워 모아 어느 책갈피에다 끼워 놓았다. 그리고 그 꽃잎들을 어디다 넣어 두었는지 곧 잊어버렸다. 나는 바람꽃의 운명에 취하고, 아이들은 붉으면서 분홍빛이 나고, 붉으면서 보랏빛이 나고, 분홍빛이 나면서 다홍빛도 나는 색에 취하고, 남편은 양귀비 잎에 취해 초여름 한때를 보냈다.

우리의 즐거움은 양귀비가 꽃을 피운 며칠뿐이었다. 꽃이 지고 통통한 씨방 속에서 씨가 익어갈 무렵 소문을 들은 집주인 아저씨의 동생이 득달같이 달려왔다. 동네에서 큰 부동산을 하는 그는 빨리 양귀비를 뽑아버리라고 호통을 쳤다.

"한 포기에 벌금이 300만 원이에요. 열한 포기니까 그것만 해도 3천 300만 원. 돈 있으면 계속 키우고 그렇지 않으면 빨리 뽑아버려요."

"우리가 심은 게 아닌데도요?"

"그럼 이 집에 누가 살아요? 사는 사람이 책임져야죠."

그는 우리가 뭐라고 말을 하기도 전에 양귀비 포기를 뽑아서 쥐똥나무 울타리 뒤로 던져버렸다. 마당의 잡석을 뚫고 나온 양귀비의 기구한 운명은 그것으로 끝이었다. 모든 양귀비는 뽑혀 나갔고, 그 다음 해에도 그 다음다음 해에도 다시는 올라오지 않았다.

Part 4

마음 만들기

어느 곳에서 살고 어떤 사람들을 만나는지에 따라 마음은 변한다. 땅을 흘려 일을 하고, 서늘한 나무 그늘에서 쉬고, 강아지와 산책을 하고, 모닥불에 고구마를 구워 먹던 숱한 날들이 분명히 우리 가족을 여유롭게 만들었다. 문호리에 온 지 5년. 아이들은 그동안 하루 종일 개울에 가서 노는 시골아이들이 되었고, 나는 비가 오면 부추전을 구워 동네 아줌마들과 나눠 먹으며 수다를 떨 생각을 하는 아줌마가 되었다.

딸과
함께
걷는 길

어릴 때 나는 2킬로미터쯤 되는 초등학교까지 걸어 다녔다. 5학년 때부터는 2학년짜리 동생과 1킬로미터 이상을 걸어서 버스를 타고 다시 2킬로미터를 걸어 학교에 다녔다. 학교에 가는 길에는 개울이 있었고, 개울변에 사는 미친 여자도 있었고, 길을 잃어버리기 딱 좋은 골목길도 있었다. 그리고 학교 뒷문으로 가는 길에는 나무도 있었고 논도 있었고 밭도 있었다. 나는 그 변하는 풍경을 고스란히 기억하고 있다. 늦어서 신발주머니를 들고 허겁지겁 뛰던 기억까지도.

시골 길을 걷는다는 것은 생각만큼 낭만적이지는 않다. 문호리에 사는 나는 겁쟁이 서울 엄마, 남편은 시골에서 자라긴 했지만 이제 서울 아빠였다. 자전거를 타고 다니거나 걸어 다니는 아이들도 있었지만, 길이 위험하다는 이유를 들어 우리는 아이를 차로 태워다주고 데려왔다.

남편이 감기몸살에 걸려 앓아눕거나 늦잠을 잘 때는 내가 아이 손을 단단히 잡고 학교로 걸어갔다. 차가 쌩쌩 달리는 2차선 옆으로 보도가 옹색하게 붙어 있거나 아예 없는 데도 있기 때문이다. 우리는 마치 아주 큰일을 치르러 가는 것처럼 씩씩하게 집을 나서곤 했다. 아이의 손을 잡고 걷는 시간은 문호리에서 보낸 그 어떤 시간보다 특별했다. 하루는 늘 새로운 오늘이었다. 길을 걸으며 보이는 모든 것은 새로웠으니! 밭과 그 뒤에 펼쳐진 강, 강 너머의 산 풍경은 늘 변했고, 보도블록이 깔렸지만 발밑의 풍경 또한 변했다. 아이는 서리를 밟으며 학교까지 걸어갔다는 것을 두고두고 자랑했다. 우리는 걸으면서 강이 풀리는 것을 보았고, 코끝과 뺨을 빨갛게 만드는 꽃샘추위를 몸으로 겪었다. 바람이 쌩쌩 부는데다가 진눈깨비까지 치는 날 걸어서 학교에 간 기억은 아이의 유년시절의 한편에 완강하게 자리 잡았다. 봄이 오는 어느 날의 기억도!

씨를 뿌리는 계절이 다가오자 흙냄새가 올라왔다.

"누가 똥 솥단지를 쏟았어! 아이고 똥냄새야!"

"뭐라고? 똥 솥단지라고?"

"응, 사람도 나무도 똥 솥단지 속에 있나봐. 지구가 똥 솥단지인가봐. 웩웩, 똥냄새가 나."

여느 아이나 마찬가지겠지만, 큰아이도 곧잘 기발한 말을 한다. 퇴

볼록이 뺑순이, 지똥구리 소똥구리, 큰 똥구리 작은 똥구리, 지땡이 소댕이, 울비(울보)들. 아이들을 부르는 이름이 참 많다. 엄마땡, 엄마똥구리, 화쟁이, 뺑쟁이, 울비 엄마. 엄마를 부르는 이름도 참 많다. 우리는 기분 내키는 대로 부른다. 하루에도 몇 번씩 마음속에는 천둥이 치고 비가 온다.

비를 쏟아 놓은 4월의 밭은 그 자체가 아이 눈에 냄새를 모락모락 피워 올리는 거대한 똥 솥단지였다.

"엄마, 저건 진짜로 똥 솥단지다."

"이야, 저건 진짜로 똥 솥단지구나!"

아이가 키득키득 웃으며 가리킨 곳은 나무를 옮겨 심어 놓은 곳이었다. 줄지어 서 있는 나무들 밑동 근처에 동그랗게 거름을 붓고 물을 듬뿍 준 까닭에 마치 똥솥 속에 나무가 들어가 있는 것 같았다.

아이는 똥냄새의 진원지가 밭에 뿌려 놓은 비료라는 것도, 그 비료가 어디서 온 것인지도 알고 있었다.

"이 똥냄새는 이장님이 겨울에 방송하던 그 비료 때문이야."

"문호 4리 주민 여러분, 마이크 테스트 마이크 테스트……."

큰놈은 이장님 목소리를 흉내 내며 깔깔거렸다. 겨우내 우리 식구는 내년에 농사지을 비료가 나왔으니 반장집에다 주문해달라는 이장님의 안내방송을 지겹게 들었다. 한 포대에 천300원 정도 하는 유기질 비료 속에는 닭똥 돼지똥 같은 똥과 석회가 섞여 있었다. 그 비료가 바로 밭을 똥 솥단지로 만들어버린 비료였다.

아이와 함께 학교로 가는 15분간. 그 시간 덕분에 우리는 많은 기억을 가지게 되었다. 줄이 풀린 커다란 개가 우리를 따라 껑충껑충 뛰어오는 바람에 둘이서 손을 잡고 학교까지 힘껏 달린 적도 있었다. 길

가운데서 제비꽃 포기를 만난 4월에는 꽃을 밟지 않으려 발끝으로 걷기도 하고, 한눈을 팔다가 지각할 뻔한 날은 교문으로 가는 대신 아이를 번쩍 들어 뒷담 너머로 올려주기도 했다. 걷는 동안 큰아이는 스스로 질문하고 스스로 답하면서 재잘거렸다.

"버드나무들은 왜 저렇게 흔들릴까?"

"가지가 머리카락처럼 늘어져 있으니까."

"민들레는 왜 여러 포기가 한군데서 나지?"

"추우니까 서로 기대려고."

"풀은 왜 밟혀도 발자국이 찍히지 않을까?"

"여러 풀이 힘을 합쳐 발을 받쳐주니까."

답이 맞는 것인지 틀린 것인지는 나는 모른다. 간혹 아이는 자기가 낸 질문에 대답하려고 골똘히 생각하곤 했다. 아이가 교문으로 뛰어들어가면, 아이와 걸었던 길을 되돌아오면서 우리가 한 말들을 되새김질했다. 그러는 사이 계절이 바뀌고 해가 바뀌었다.

딸기
한 바구니에
10만 원?

　　　　　　뱀이 가끔씩 출몰하는 우리 집 뒷마당. 쥐똥나무 울타리 앞으로는 손바닥만 한 딸기밭이 있다. 6월부터 나는 아이들이 학교에서 올 때까지 딸기를 땄다. 딸기가 한두 개씩 익어갈 무렵에는 아이들에게 따 먹게 했지만, 몇 시간만 땡볕에 두어도 물러지기 시작하면서부터는 아이들에게 딸기밭에 얼씬도 못 하게 했다. 달콤한 냄새를 맡고 뱀이 올까 걱정이 되어서였다. 뱀이야 냄새도 못 맡고 온도로 감지하는 동물이지만, 초등학교 때 들은 '뱀딸기' 이야기가 완강히 각인되어 있었기 때문인지 모른다.

　"딸기밭에 가려면 소엽아 너 꼭 언니랑, 성경이 언니랑 같이 가야해. 지엽아 너도 마찬가지야. 소엽이랑 성경이 언니랑 같이 가."

　"왜요'?"

　"뱀이 있을지도 몰라."

"뱀이 왜 와?"

"딸기를 좋아하니까!"

하얀색 딸기꽃이 좋아서 마냥 두었더니 꽃이 진 자리마다 조그만 딸기가 달렸다. 딸기는 새끼손톱 크기만 한 것이 대부분이고, 커봐야 엄지손톱만 했다. 딸기는 단맛도 강하지만 워낙 신맛이 강해서 새콤했다. 딸기가 익어 물러질까봐 나는 하루에 한두 번씩 바구니를 들고 딸기밭으로 향했다. 고개를 숙인 흰 딸기꽃은 계속 피는 중이었고, 넝쿨은 옆으로 자꾸만 벌어졌다. 솎아주기를 안 한 덕분에 하루에 한 뼘씩 딸기밭이 더 넓어지는 것 같았다.

발 디딜 틈 없는 딸기밭에서 깨금발을 한 채 딸기를 따느라 땀을 줄줄 흘렸다. 딸기를 한 시간 동안 따봐야 작은 바구니의 반도 못 채웠다. 6월 말이 되자 손길이 더 바빠졌다. 딸기는 끝물이 가까워왔고, 더욱 쉽게 물러졌다. 일이 아무리 밀렸어도 하루에 서너 번도 더 딸기밭으로 향했다. 한 시간쯤 딸기를 따고 나면 콩밭을 맨 여인네처럼 속적삼이 흠뻑 젖었다.

딸기를 땄으면 바로 손질해서 씻어야 한다. 아이들이 올 때까지 몇 시간 두면 물러서 흐물흐물해져버렸다. 체에 받쳐 잽싸게 씻어서 설탕을 재어 냉장고에 넣어 두어야 비로소 안심이 되었다. 이것으로써 딸기와 관련된 노동은 끝이 났다. 이렇게 한 시간 동안 수선을 떨어봐

야 아이들이 와서 먹는 건 한 그릇 정도의 딸기였다.

"먹고사는 거 진짜 고달픈 일인가 봐. 딸기 따보니까 알겠어."

"하하, 알긴 아는군!"

옛날 사람들은 하루 종일 먹기 위해서 노동을 했다. 쑥개떡 한 조각도 버리지 못하는 건 그 때문일 것이다. 아침에 일어나서 취나물이나 머윗잎을 뜯어서 나물 반찬을 해서 밥을 하면 꼭 한 시간 반이 걸렸고, 밥을 먹고 치우면 두 시간 반이 걸렸다. 먹고사는 일에 시간을 너무 많이 들인다는 생각을 지울 수 없었다. 덕분에 늘 일은 밀려 있었고 마음은 어수선했다. 그런데도 밭에만 들어가면 머리가 맑아졌다.

'내가 도대체 얼마짜리 노동력인데 이러고 있는 거지?'

가끔씩은 이런 생각이 들었다. 아파트로 이사를 가서 대충 시켜 먹고 살고 싶었다. 그런데도 그 미련한 짓을 계속한 까닭은 '저 아까운 것을……' 이라고 말하는 할머니들의 심정과 같았는지 모른다. 왜 그렇게 아까웠을까? 내가 심은 것도 아니고 저절로 달린 딸기인데…….

나도 내게 놀라고 있었다. 밭에서 일을 할 때도 남들보다 더 오래 남아 있었고, 딸기밭에서 딸기를 따더라도 쉬지 않고 땄고, 한 개라도 안 딴 게 있는지 물러서서 몇 번이나 확인했다. 딸기들은 늘 고개를 숙인 채 초록 잎사귀 뒤에 숨어 있었기 때문에 숨어 있는 딸기를 찾느라 몇 번씩 고개를 숙여 꽃 진 자리를 더듬고 잎사귀를 조심스럽게 뒤집어 보았다. 딸기 줄기를 밟을까봐 전전긍긍하면서 땀범벅이 되어 지나간 자리를 몇 번이나 훑곤 했다.

무릇 아픈 시골 할머니들이 산비탈을 기다시피 하면서 밭일을 하는 게 이해가 갔다. 미안함 때문이다. 조금 덜 먹으면 되지 저렇게 악착을 떨까, 라고 말하는 사람은 농사일을 하지 않는 할머니들의 며느리나 아들이다. 시골에서는 부지런히 살게끔 땅이 인간을 길들인다.

봉숭아꽃
물들이기

여름이 끝자락이 되자 꽃씨들이 영글었다. 꾹꾹 참고 있다가 어느 날 작은 소리와 함께 터져버리는 꽃씨들. 꽃씨들은 따글따글 영글었고, 터지는 그 순간까지 참았던 긴 숨을 내쉰다. 꽃씨들이 터지는 데는 어딘가 비밀스러운 데가 있었다. 꽃밭 채송화 까만 씨앗이 터지는 걸 보기 위해 꽃밭 어귀에 하루 종일 앉아 있었지만 결국은 보지 못했던 내 어린 날이 생각났다. 아이들도 나와 다르지 않았다. 틈만 나면 꽃밭에 쪼그리고 앉아 콧잔등만 새까맣게 태웠다.

씨앗들이 익어가면 해야 할 것이 있다. 봉숭아꽃 물들이기. 이미 한두 차례 들여 손톱에 자국이 남아 있지만, 희미해졌고 더러는 깎여 나갔다. 아이들은 빨갛게, 확실하게 여름의 흔적을 손톱에 찍어놓고 싶어했다. 찬 바람이 슬슬 불기 시작하는 지금이야말로 그 마지막 시기였다. 이미 봉숭아 씨앗은 영글었고, 늦둥이 봉숭아 몇 포기만이 꽃을 피우고 있었다. 이제 막 지기 시작하는 꽃들과 잎들은 이미 뻣세져서 힘들게 짓찧어도 즙이 덜 나왔다. 하지만 물기 없이 찧어지는 그 잎들이야말로 짙은 붉은색을 감추고 있었다.

"엄마 봉숭아 물들여요. 다 빠져서 속상해요."

"그러자. 이제 추워지면 봉숭아도 없다."

아이들이 봉숭아를 따 온 날, 소금과 백반 그리고 식초를 넣고 짓찧은 다음 손가락 하나하나 위에 듬뿍 봉숭아즙을 얹어 놓고 봉숭아 잎으로 처맸다.

아이들은 더욱 짙은 색으로 물들이기 경쟁을 벌였다. 새붉은 색으로 물이 들기 위해서는 열두 시간쯤 걸린다. 아이들은 그동안 몇 가지 불편을 감수해야 했다.

"얘들아 손을 높이 처들고 아무 짓도 하지 마. 꼼짝 마 자세가 되어야 한다고."

아이들은 뻣뻣하게 손가락을 편 채 조심했지만 책가방을 싸면서, 책장을 넘기면서 5분 간격으로 "엄마"를 불러댔다. 풀어졌으니 다시 묶어달라는 것이었다.

깊어가는 늦여름 밤, 밖에서는 리이리이 하고 방울벌레와 치츠츠츠 하고 귀뚜라미가 마지막 여름 인사를 하고 있었다.

"엄마 괜찮을까?"

나란히 누워 이불 위에 두 손을 가지런히 올려놓은 채 눈을 반짝이며 두 녀석이 물었다.

"괜찮을 거야."

불을 끄고 난 뒤에도 두 아이의 눈은 한동안 반짝였다. 아마도 내일 아침 붉게 물든 손톱을 상상했을 것이다. 괜찮을 거야란 말은 사실 내게 더 필요한 말이었다.

잠을 조심해서 자라고 일렀건만 다음 날 아침에 보면 이불과 베개, 아이들의 잠옷에 온통 봉숭아 꽃물이 들어 있었다. 식초와 백반과 소금 덕분에 아이들의 손끝은 할머니처럼 쪼글쪼글했다. 따끔거렸겠지만 아이들은 손톱 끝의 붉은 꽃물을 보며 그쯤은 기꺼이 참아내는 어른스러움을 보였다. 아마 남자아이들이라면 이런 미련한 짓은 절대로 하지 않을 것이다.

봉숭아꽃 물들이기는 동네 어귀에 단풍이 들 무렵까지 계속되었다. 큰아이와 작은아이는 손톱에 서로 다르게 색이 들었다는 것을 빌미로 번번이 다시 꽃물을 들여달라고 했다. 손톱 밑 색이 진한 작은아이가 좀 더 꽃물이 진하게 든 것처럼 보였다.

"엄마, 왜 소엽이가 더 진하게 들었어? 나 다시 들여줘."

"아니야, 언니가 진하게 들었어. 오늘 밤 다시 들일 거야."

입씨름은 늘 끝날 기미가 보이지 않았고, 번번이 나는 아이들을 달래기 위해 오늘 밤에 다시 들이자고 제안을 했다.

해는 점점 짧아지는 기미가 역력했다. 봉숭아들이 마지막 씨앗을 익히느라 분주한 한낮, 나와 아이들은 아직도 피어 있는 늦둥이 봉숭아꽃을 찾아 양동이를 든 채 동네를 헤매었다. 몇 번을 더 수선을 떨며 봉숭아물을 들이다 보면 여름이 완전히 지나갔다. 봉숭아물을 들이는 동안 낮은 하루하루 노루 꼬리만큼 더 짧아졌다. 여름과 가을이 바뀌는 그 짧은 시간을 우리는 늘 동네 어귀에서 바라보곤 했다. 겨울이 될 때까지, 첫눈이 내릴 때까지 아이들 손톱 끝에는 아쉬웠던 여름의 흔적이 남아 있을 것이다.

박각시가
온다네

　　　　여름이 다 갈 무렵 밭 어귀에 밤새 누가 뜨개질을 한 것인지 흰 레이스처럼 박꽃이 활짝 피었다. 박꽃은 달빛처럼 밝았다. 해 질 무렵 피기 시작해서 한밤중에 활짝 피어나는, 희다 못해 푸른빛이 나는 박꽃은 그 어느 꽃보다도 부드럽고 촉촉했다. '아슴아슴 떠오르는 박꽃 같은 얼굴'이라는 박목월 시인의 표현이 와락 다가오는 순간이었다.

　밭에는 심지도 않은 박이 네 포기쯤 벌어져 있었다. 그것만으로도 텃밭과 집은 전혀 달라 보였다. 마치 옛날이야기에 나오는 집처럼 정감 있고 포근했다. 덩굴손이 뻗어 나와서 곧 초록 벨벳 같은 잎이 벌어지고, 그 덩굴손 근처에서 박꽃이 피어났다. 밤마다 아이들과 박꽃이 핀 주변을 어슬렁거리며 하루하루 잎과 꽃이 벌어져가는 것을 보고 나지막한 탄성을 질렀다. 여태껏 본 가장 아름다운 꽃을 들라면 양귀비와 박꽃 둘 중에 어느 것을 들어야 할지 갈등하지 않을 수 없다. 한숨을 쉬듯 미풍에도 파르르 떨리는 양귀비와 교교한 달빛을 받으며 미동도 않는 박꽃.

'양귀비는 후궁이고, 박꽃은 왕후다.'

여름밤에 밭 어귀를 어슬렁거리며 나름대로 내린 결론이다.

꽃이 진 자리마다 주먹 크기의 청잿빛 열매가 열리는 듯싶더니 하루가 다르게 커져갔다. 그 사이 박잎은 밭머리를 푸른 치마처럼 벌어지게 했다. 밤만 되면 스란치마가 끌리는 것처럼 푸른 박잎들이 수런거렸다. 우리 집 밭에 박이 열린 건 순전히 제비가 박씨를 물어다 준 것 같은 행운이었다. 한약을 오지항아리에다 중탕을 해서 달이는 단골 한의원에서 한약재 찌꺼기를 가져다가 척박한 땅에다 뿌렸는데 그때 박씨가 섞여온 모양이었다.

어쩌면 박잎은 꽃보다 더 아름다웠다. 박잎은 앞이나 뒤나 색깔이며 감촉이 똑같았으며 그 어떤 잎보다 보드라웠다. 게다가 연잎처럼 벌레가 꾀지 않아 상처 하나 없이 깨끗했다. 왜 옛사람들이 붕어곰이나 전, 떡 같은 먹을거리를 박잎에다 싸지 않고 호박잎에다 쌌는지 물어보고 싶을 정도였다. 커다란 박잎에다 떡을 담거나 주먹밥을 담아서 아이들과 점심상을 차리고 싶었다. 여태껏 박잎보다 더 아름나운 초록 접시를 본 적이 없다. 아이들은 박잎을 따서 얼굴에 비비고 놀거나 모자처럼 쓰고 다녔다. 넓은 박잎은 작은아이의 머리를 완전히 덮고도 남았다.

박꽃에는 박각시가 온다. 각시라고 불리는 걸로 봐서 꽃과 깊은 사연이 있을 터였다. 아이들과 나는 박각시가 희디흰 박꽃에 오는 손님이라 하여 기다리고 또 기다렸다. 오래전에 읽은 백석의 〈박각시 오는 저녁〉 시를 떠올리며.

당콩밥에 가지냉국의 저녁을 먹고 나서
바가지꽃 하이얀 지붕에 박각시 주락시 붕붕 날아오면
집은 안팎 문을 횅하니 열젖기고
인간들은 모두 뒷등성으로 올라 멍석자리를 하고 바람을 쐬이는데
풀밭에는 어느새 하이얀 대림질감들이 한불 널리고
돌우래며 팟중이 산 옆이 들썩하니 울어댄다
이리하여 한울에 별이 잔콩 마당 같고
강낭밭에 이슬이 비 오듯 하는 밤이 된다

박각시의 존재가 궁금하기 짝이 없었다. 꽃을 찾아다니는 나비인지, 벌새 같은 작은 새인지, 벌의 한 종류인지, 등딱지가 예쁜 곤충인지 잔뜩 기대를 했다. 청띠제비나비 같은 모습일 리는 없겠지만 박꽃

에 걸맞은 우아한 자태를 기대한 것이다. 나와 남편은 박이 싹트는 순간부터 저물 무렵까지 밭 주변을 어슬렁거리며 박꽃에 오는 손님을 유심히 살폈다.

그런데 달빛이 교교한 그 밤에는 아무도 오지 않았다. 우리 발밑에서 개구리와 풀벌레만 풀썩댈 뿐이었다.

"혹시 박각시라고 알아? 박꽃에 온대."

"아니, 몰라. 찾아봐. 난 여태껏 못 봤는데……."

시골 출신 남편도 박각시의 존재를 몰랐다. 좀 더 낭만적인 만남을 기대하던 나는 할 수 없이 도감을 들췄다. 나와 아이들은 기대한 것만큼 탄식도 컸다. 박각시는 뚱뚱한 박각시나방이었다. 낮에 서쪽으로 나 있는 우리 집 거실 앞에 심은 이름 모를 빨간 꽃에 오는 바로 그 나방. 나비도 아닌 것이 벌새처럼 정지비행을 하며 꿀을 빠는 게 신기해서 쳐다보곤 한 뚱뚱한 나방이었다. 세상에는 곱지 않은 각시도 있는 모양이었다. 어쩌면 속절없이 고운 것보다 후덕한 조강지처가 더욱 각시다운지도 모르지만! 박각시는 박꽃에 언제 다녀가는지도 모르게 다녀갔다.

호박과 박은 사촌지간인데 성품은 너무나 달랐다. 호박은 거름기 많은 곳으로 가고 박은 잔돌이 많은 마당 쪽으로 번져왔다. 박은 밤새 어느 새가 커다란 알을 하나 가져다 놓은 것처럼 새벽에 푸르게

빛이 났다.

박잎이 영토를 넓히는 동안, 박꽃이 피는 동안, 박이 열리는 동안, 박이 익어가는 동안 우리 가족은 밤 산책을 즐겼다. 작은아이는 푸른 스란치마를 입은 왕후의 옷자락을 잡고 졸졸 따라다니는 아이처럼 박꽃과 박잎을 쓰다듬고 다니고, 큰아이는 꽃이 상한다고 멀리서 보기만 하면서 작은아이를 타박 놓곤 했다. 그 왕후 같은 손님은 가을이 오자 천천히 발걸음을 멈추었다. 찬 바람이 불면서 박은 하루하루 단단해져갔다. 푸르게 익은 박을 따자 여름날의 긴 설렘도 끝이 났다.

박나물을
기억해

흥부와 놀부를 아는 아이들은 박이 점점 커져서 박 속에서 천사와 도깨비와 금은보화가 나오기를 바랐지만, 우리 밭의 박은 거름이 없는 탓에 잘 크지 못했다. 박들은 모두 풍선만 한 크기였다.

"애개, 그것밖에 안 돼요?"

"그러면 얼마나 커졌으면 좋겠니?"

"이만큼요."

큰아이는 한껏 팔을 벌렸다. 작은아이는 박이 얼마나 커질지 자못 신기해하면서 옆에서 눈을 반짝거렸다. 박을 따야 하는 시간은 곧 다가왔다. 찬 바람이 불기 시작하면서 박이 단단해졌다. 바가지를 만들 것이 아니라면 손톱이 쑥 들어갈 때 따야 한다. 하루라도 더 넘기면 딱딱해져서 먹기에 나쁘다. 조금 더 키워서 먹을 요량으로 이틀쯤 더 두었더니 너무 딱딱해져서 결국 처음에 딴 박은 먹을 수 없었다. 채소들은 아침나절과 저녁나절이 달랐다. 특히나 오이나 호박 수박 같은 열매들이 자라는 속도는 놀라웠다. 손가락 한 마디만 한 오이는 그 다음 날이면 두 마디, 그 다음 날이면 손가락 하나, 그 다음 날이면 제법 굵어져 있었다.

흥부의 박만큼 커지기를 바란 아이들은 박을 딸 때마다 좀 더 키우면 안 되는지 물어보곤 했다.

"우리가 심은 박은 제비가 가져다준 박이 아니라서 특별하지 않아. 그냥 보통 박이야. 아무리 키워도 책에서처럼 크지 않아."

"제비가 물어다 준 박씨면 얼마나 좋을까?"

아이들은 실망한 채 작은 수박만 한 박을 따서 현관 앞으로 들고 갔다. 모두 따서 모아 놓고 보니 열 통이 넘었다. 따 놓은 박들을 보면 흥부네 곳간이 부럽지 않았다.

아버지가 박나물을 좋아하는 까닭에 여름에서 가을로 넘어갈 무렵 할머니는 늘 박나물을 밥상에 올렸다. 아버지는 박을 말린 오가리를 진간장에 달콤하게 조린 걸 좋아하셨다. 할머니는 국물을 자작하게 넣고 볶은 박나물을 즐겼다. 약간 씁쓸한 그 맛이 삼십 몇 년이 지난 뒤에 생각났다. 음식에 대한 기억만큼 완강한 게 있을까. 할머니는 박이 없으면 물외라 불리는 늙은 오이를 참기름에 박처럼 볶아서 국간장으로 간을 해 자박자박한 나물로 만들곤 했다. 쌉싸래한 맛은 오랜 기억의 뒤편에 있는 맛이다. 은근히 기억되며 간혹 그리워지는 맛이기도 하다.

"박나물 먹어봤어?"

"아니, 기억에 없어."

"충청도에서는 안 먹어? 박을 안 키워?"

"글쎄? 먹어본 기억이 없어. 박은 바가지 만든다고 키우긴 했지."

가족들에게 박나물을 먹을 거라고 단단히 약속을 받은 다음 할머니 표 박나물을 상에 올렸다. 박나물을 한 날 나는 다른 반찬은 상에 올리지 않았다. 그렇게 하지 않으면 아이들은 처음 보는 박나물을 먹지 않을 터였다. 박나물에 대한 가족들의 반응은 남편은 시큰둥했고, 아이들은 약간 쌉쓸한 맛이 나는 박나물이 달가울 리 없었다.

문호리에 온 첫해 아이들은 채소를 먹지 않았다. 서울서 먹던 채소래야 당근 호박 콩나물이 전부였다. 일부러 텃밭에서 따게 했지만, 밥상에 오른 것은 외면했다. 물엿이나 꿀, 설탕과 조림간장에 조려진 음식에 길들여진 녀석들은 짭조름하면서도 단 음식을 좋아했다. 아이들이 단 음식에 길들여진 건 순전히 엄마인 내 탓이다. 언제나 후다닥 30분 만에 밥을 준비했기 때문에 조리거나 굽거나 볶는 세 요리법의 전부였다. 나물처럼 데쳐서 무쳐야 하는 건 은근히 손이 많이 가서 피하다 보니 아이들은 매운 김치도 먹지 않고 백김치만 찾는 전형적인 서울 아이의 식성을 가지게 되었다. 시골서 반년 정도 살았다고 해서 그 식성이 변하는 건 아니었다.

아이들은 단지 밖에 있던 그 연두색의 박이 지금 밥상 위에 올랐다는 것이 신기하고, 속이 너무 희기 때문에 처음에는 호기심을 가졌지만, 한 번 먹어본 뒤로는 얼굴을 찡그렸다. 남편과 아이들이 박나물을 달가워하지 않았지만 나는 며칠 계속 밥상에 올렸다. 할머니 식으로 간장만으로 간을 하거나 엄마 식으로 바지락 같은 조갯살을 넣고 볶기도 했다. 나중에라도 약간 씁쓰름한 그 맛을 기억했으면 하는 바람에서 계속 올린 것이다. 아이들이 엄마가 박나물을 좋아했다는 사실만 기억해도 다행이겠지만!

밭에서 아이들이 딴 고운 박들은 모두 외할아버지께 선물로 보냈다. 외할아버지의 생신상에는 박나물이 올랐다. 친정아버지는 박을 돌려가면서 깎을 수 있는 장비를 만들어놓고는 열 개나 되는 박을 깎아서 말리고 있노라고 전화가 왔다.

30년쯤 지나면 아이들도 나처럼 여름 끝물에 먹는 박나물의 맛을 문득 기억해낼 수 있을까? 박나물이 올라온 밥상을 기억할 수 있을까? 그 씁쓰름한 맛과 함께 엄마와 함께 보낸 시절을 박속처럼 기억할 수 있을지…….

아이들의
씨앗 농사

　　　　　　어른들이 텃밭을 가꾸듯 아이들은 한 송이
한 송이 꽃을 가꾸었다. 놀러 오는 친구들이 꽃을 꺾으려고 하면 한바
탕 실랑이가 벌어졌다.

"엄마 꽃을 꺾는 건 나쁜 짓이지. 꽃이 죽는 거지."

"언니 말이 맞아. 나쁜 짓이야. 그치 엄마?"

내 집 마당에 있는 꽃은 한 포기도 꺾지 못하게 큰아이가 늘 지키곤
했다. 놀러 온 아이는 풀꽃인데 꺾으면 좀 안 되느냐고 하고, 그럴 때
면 옆에 있던 작은아이가 언니 편을 들며 사납게 대들었다.

간혹 꽃을 좋아하는 작은아이는 언니 몰래 살금살금 꽃을 꺾곤 했
다. 명자꽃이나 토끼풀꽃을 따서 집 주변을 꾸미기도 했다.

"넌, 그럼 꽃이 죽잖아. 어떡해 꽃아."

그럴 때마다 큰아이는 눈물범벅이 되어 작은아이에게 타박을 주고,

작은아이는 못 들었다는 듯이 먼 산을 보며 딴청을 피웠다.

아이들은 밭에서 가지나 호박을 따거나, 호미로 감자를 캐는 것보다 꽃농사 짓는 걸 더 좋아했다. 잡초에도 물뿌리개로 물을 주던 아이들은 꽃이 피기 시작하는 순간부터 꽃씨가 익기를 기다렸다. 가장 먼저 며느리밥풀꽃이라 불리는 금낭화가 익어가면 아주 작은 콩꼬투리 같은 씨방을 벌려서 새까맣게 잘 영근 씨앗들을 받았다. 늘 반쯤은 흘리고 반쯤은 받았지만 해마다 며느리밥풀꽃은 오히려 더 벌어졌다. 금낭화 씨앗은 참깨 알처럼 잘디잘면서 새까맣다. 제비꽃은 여름이 되기 전에 새까만 환약 같은 씨앗을 떨어뜨리는데, 아이들은 바닥에 떨어진 씨앗을 개미처럼 일일이 주웠다. 7월이 가기 전에 붓꽃이 씨앗을 맺었다. 질기고 커다란 꼬투리에는 납작한 고추씨 같은 씨앗들이 가득 들어 있었다. 그 사이 원추리와 나리꽃도 커다란 씨앗을 구슬처럼 동글리면서 새까맣게 익어간다. 여름이 무르익어가면 매발톱이 용의 입에 물린 여의주처럼 익어갔다. 아이들은 꽉 물고 있는 용의 아가리에서 구슬을 쏙쏙 빼내었다. 아침저녁으로 제법 선선해지면 패랭이가 익어간다. 패랭이는 채송화처럼 아차 하는 사이에 씨앗이 땅으로 흩어져버렸다. 그래서 번번이 모으는 데 실패를 하곤 했다. 맨드라미는 꽃가에 주근깨처럼 씨앗을 붙이고 있었다. 아이들은 맨드라미를 손톱으로 간질이며 씨앗을 긁어내서 소꿉놀이를 했다. 마당 어귀의 봉숭아 씨앗을 모을 때는 여름의 끝물이었고, 이때쯤이면 씨앗의 추수가 대충 끝이 난다. 그때쯤이면 날개 모양을 한 단풍나무의 씨앗들도 붉게 잘 익어서 비행을 준비한다. 단풍나무 아래에 있으면 아주 작게 딱딱 하는 소리가 들린다. 바람결에 날개 달린 단풍나무 씨앗이 떨어지는 소리인지, 아니면 단풍나무 아래 어딘가에서 씨앗이 터져 나오는 소리인지는 모르겠다. 아이들은 단풍나무 아래서 날개 달린 씨앗을 모아서는 언덕에 올라가 바람에 휠휠 날려주곤 했다. 그때쯤이면 단풍나무 아래를 감아 올라가던 더덕 씨앗들도 익어서 떨어지는데, 아이들은 더덕씨에는 관심이 없었다. 아이들의 추수는 5월부터 꽃씨가 익어가는 늦여름까지였다. 가을이 되면 코끝이 반질반질 익은 아이들은 단풍나무 아래서 그동안 모은 씨앗으로 소꿉놀이를 한다.

알뜰한 큰아이는 종류별로 씨앗을 모아다 나에게 갖다 주곤 했다. 잘 챙겨 놓았다가 내년에 뿌리라는 것이다. 이사 오기 전까지 씨앗 봉지들은 내 방 구석구석 쟁여져 있었다. 작은아이는 풀씨와 꽃씨가 섞여 범벅이 된 씨앗 봉지를 갖고 있었다. 큰아이는 작은아이의 엉성한 씨앗 봉지를 보고 놀렸고, 그 바람에 작은아이는 씨앗 봉지를 숨겨 놓곤 했다. 작은아이는 언니 몰래 동네를 혼자서 살금살금 돌아다니며 씨앗들을 뿌렸다. 아마도 개미들은 개미굴로 씨앗을 부지런히 나를 것이고, 개미들이 먹다 남긴 씨앗들은 봄에 싹을 틔울 것이다. 큰아이가 추수한 씨앗들은 종이봉투에 담겨서 멀리 있는 지인들에게 갔다. 강원도나 전라도 어디쯤에 큰아이가 추수한 씨앗이 뿌려졌다.

두 아이들은 가을 동안 씨앗 봉지를 자루처럼 어깨에 메고 동화책 속의 주인공처럼 마을길로 나서곤 했다. 아이들이 본 그림책의 주인공 미스 럼피우스처럼 자신이 좋아하는 곳에다 좋아하는 씨앗들을 뿌렸다. 아이들이 뿌린 씨앗은 동네 여기저기에서 싹을 틔운 모양이다. 동네 안쪽 그늘진 길가에 핀 머느리밥풀꽃이나 붓꽃, 집 뒤 양지쪽에 핀 매발톱꽃은 아이들이 자신을 그곳에다 데려다 놓았다는 것을 알까? 아이들의 바람대로 씨앗은 먼 곳까지 여행을 했다.

개울이
가져다준
선물

　　　　　　　　작은 것, 소박한 것이 더 소중하다고 한다. 나 역시 처음에는 콧방귀를 뀌었지만 살다 보니 그 말에 수긍하게 되었다. 처음 문호리에 집을 구할 때는 강변에다 구하고 싶었다. 물가의 집은 고기잡이나 사는 곳이지, 사람이 살 곳은 못 된다는 것이 이곳에 몇 년 살아본 선배의 충고였다. 강변은 습한데다가 물것이 많고, 아침저녁으로 짙은 안개에 싸여 있었다. 시골서 살아본 남편은 작은 개울 근처의 산기슭에 자리 잡고 싶어했다. 개울에서 여름에는 물놀이를 하며 물고기를 잡거나 텀벙거리고 놀고, 겨울에는 썰매를 탈 수 있다. 개울이 있다고 해서 물안개가 더 짙게 끼지 않았고 무엇보다 강물보다 물비린내가 덜 났다.

　개울이 얼마나 소박한 즐거움을 주는지 실감한 것은 세 번째 집으로 이사한 뒤부터다. 방학이 되자 옆집 아이들과 어울려 아이들은 개울로 놀러 갔다. 개울에서 출석을 불러도 될 정도로 여기저기서 반 친구들을 만났다. 일주일에 두 번씩만 개울로 가도 아이들은 물개처럼 새까맣게 그을렸다.

"내일 비가 와?"

"밖을 봐. 별이 있나 없나?"

"없어, 아니 있어."

밤에 자기 전에 아이들이 물어보는 것은 내일의 날씨였다. 나는 공기의 느낌만으로 비가 올 것인지 아닌지 구분할 수 있게 되었다. 별은 간혹 구름에 가리기도 했지만, 흘러가는 구름에 가리는 경우도 있다. 구름이 지나가면 금방 별이 나온다.

여름날 아이들을 가장 괴롭히는 것은 모기나 진드기 같은 벌레들이 아니라 장맛비와 폭풍우다. 끈끈함을 견디지 못해 나는 신경이 날카로워졌고, 아이들은 아이들대로 나가 놀지 못하기 때문에 짜증이 늘었다. 강아지 이티는 이티대로 자기 집 안에서 꼼짝을 못해서인지 눈곱이 끼었다. 이티는 유독 땅을 파고 들어가서 있는 걸 좋아하는데 비가 오면 그런 즐거움을 누릴 수도 없다.

비가 그치고 햇살이 나오면 집 안에 활기가 돌았다. 빛나는 햇살과 맑은 하늘을 다시 보는 순간 덥다는 투정은 쏙 들어가고 여름은 더워야 한다는 자연의 질서에 고개를 숙이게 된다.

아이들은 여름방학 내내 야물게 익어갔다. 개울 한쪽 물이 깊은 곳에서 다이빙을 하고, 개헤엄을 완전히 배우고, 심지어 물 안에서 바람개비처럼 뱅글뱅글 돌기까지 했다. 몇 겹 허물이 벗겨진 피부는 밭 흙처럼 반들반들하게 윤이 났고, 까만 눈을 보고서야 앞모습인지 뒷모습인지 구분할 수 있을 정도가 되었다.

아이들은 개울에서 놀이를 몇 가지나 만들어내었다. 물이 조금 깊은 곳에서는 다이빙을 하고, 허리 정도의 물 높이가 되면 잠수를 즐기고, 돌고래처럼 튀어나오거나 물속에서 빙글빙글 360도 회전을 즐겼다. 아이들은 얕은 개울 바닥을 둑을 쌓듯이 막거나 다른 쪽으로 물길이 나게 돌을 쌓아 나가거나 웅덩이를 만들기도 한다. 헤엄을 치다 지치면 물수제비를 뜨기도 하면서 해 질 때까지 물에서 보낸다. 하루 종일 놀아도 놀 게 있었고, 한 달 내내 놀아도 여전히 개울에 가고 싶어한다. 어스름 녘인데도 집에 갈 생각을 하지 않는 아이들을 찾아서 동네 엄마들이 개울로 간다.

작년까지만 해도 아이들은 아빠가 데리고 가는 데서만 물놀이를 했다. 남편은 시원한 그늘이 지는 다리 밑, 그것도 아이들 종아리의 중간 정도까지 오는 깊이의 물에만 데리고 갔다. 그러다 보니 가는 곳은 늘 정해져 있었다. 그런데 올해는 문호천 100여 미터를 오가며 가슴 깊이까지 오는 데서 다이빙을 즐길 정도가 되었다.

문호천은 여름에는 수영장, 겨울에는 썰매장이 된다. 방학 동안 아이들은 햇살이 한풀 꺾일 때 가서는 캄캄할 때까지 놀다 오곤 한다. 방학 동안에는 문호천이 아이들의 학교다. 하루라도 빠지면 안 되는 줄 아는데다, 동네 아이들이 다 모인다.

"나 같으면 애들끼리 놀게 두겠다. 가봐야 소용도 없잖아."

"그래도 무슨 일을 당할지 모르잖아."

애들에 아빠는 배고프면 라면을 끓여 주곤 했다. "탄디, 그늘로 가!" "거긴 물이 깊어. 이쪽으로 와." 같은 잔소리가 더 이상 통하지 않았지만 남편은 아이들 옆을 지키고 있었다. 친구들과 노느라 아빠가 있는 곳에는 눈길 한 번 주지 않는 시골 아이들과 아이들을 눈으로 좇고 있는 도시 아빠!

아이들은 5년 동안 벗지 못했던 서울티를 벗고 완전히 시골 아이들이 되었다. 큰아이는 사람들이 잡아먹은 개의 머리뼈가 떠내려 온 적이 있었지만 그때도 놀라지 않았다. 집어서 묻어주려고 했지만 내가 비명을 질러대는 통에 멀리 던져버렸을 뿐이다. 아이들은 종종 어디로 간다는 말 없이 슬그머니 집에서 사라졌다. 잠자리를 잡아서 부글거리는 거품 같은 알을 낳는 것을 보기도 하고, 개구리를 잡으러 다니기도 했다. 무엇보다 아이들은 더 이상 학교 숙제를 겁내지 않게 되었다. 큰아이는 학교 숙제를 방학 전날까지 다 하곤 했다. 다들 숙제를 안 해 와서 벌을 서는데 혼자만 안 섰다는 것이 4학년 때까지 큰아이의 자랑이었다. 그러다 얼굴이 뽀얀 범생이인 큰아이마저 "다 못 하면 남아서 하지 뭐."라고 말하는 순간, 서울 출신 선생님들이 하던 말이 떠올랐다.

"여기 애들은 망아지 같아요. 뭐든 제멋대로예요. 하긴 애들은 원래 제멋대로라야 하죠."

방학은 공부를 놓는 시간이라고 말하는 것처럼 아이들은 아침부터 저녁까지 물놀이 갈 생각만 했다. 숙제를 안 해 오면 남아서 다 해야 한다는 선생님의 말도 더 이상 무서워하지 않았다. 심지어 작은아이는 개학 며칠 전에 일기장을 잃어버린 걸 발견했다. 아이는 일기장을 들고 나무 그늘에도 가고 옆집에도 가고 남의 집 평상에도 가면서 40일치 일기를 거뜬히 써냈다. 모두 다 쓴 건 아니고, 20일치는 아예 건너뛰면서 대신 선생님께 일기장을 잃어버린 사연을 편지로 썼다. 지혜란 것은 도서관에서뿐만 아니라 개울에서도 자라는 모양이다. 작은아이는 더 이상 반에서 다섯 번째로 키가 작고 소심하고 잘 우는 아이가 아니다. 희고 창백해서 얼굴에 있는 핏줄이 다 비치던 아이는 5년 동안 햇빛과 물에 익어 365일 가도 감기 한 번 안 걸리는 아이, 도토리처럼 새까맣고 따글따글하게 잘 영근 아이가 되었다. 작년까지만 해도 캄캄한데도 개울에서 노는 아이들을 보며 '저 집 아이들 부모는 얼마나 속이 터질까'라고 생각하곤 했다. 그런데 어느덧 바로 내가 그 속 터지는 부모가 되어 있었다.

가을의
첫맛

　　　　　　가을이 오는 기척을 가장 먼저 느낄 수 있는 건 텃밭에서부터다. 아침저녁으로 선선해지면서 텃밭의 색이 변한다. 단풍은 들지 않았지만 초록은 확실히 지쳐갔다. 잎은 두툼해지고 짙어졌다. 서리가 앉을 때까지 텃밭에는 먹을 게 있다.

　나는 아침저녁으로 텃밭 주위를 기웃거린다. 시든 잎들 틈에서 어린 호박잎을 조금 따고 열매가 맺힌 호박도 딴다. 지름 3센티미터짜리 쪼글쪼글한 호박이나 손가락 길이보다 작은 가지를 따간다. 모두 따고 남은 것들이다. 채소들은 꽃들을 오랫동안 피운다. 자신이 말라 죽어가면서도 꽃을 피우는 모정이란! 그런 모정이 영글게 한 늦둥이들을 나는 거둬들여서 뚝배기에 담고 보글보글 끓인다.

　서리를 살짝 맞은 호박은 단맛이 난다. 호박은 반씩 가르고, 질긴 가지는 얇게 썰고, 생기다 만 고추들도 얇게 썬다. 밭에서 나온 것은 모

두 넣어서 북어를 잔뜩 넣고 된장찌개를 끓이곤 한다. 엉터리 같은 찌개는 진한 맛이 난다. 채소의 맛은 모든 게 졸아든 맛이다. 남편은 그 이상한 된장찌개를 볼 때마다 그런 걸 왜 따냐고 타박을 주었다.

"아깝지 않아? 이게 얼마나 맛있는데……."

"맞아요, 아주아주 맛있어요."

그러면 살림꾼인 두 딸은 "얼마나 맛있는데"를 합창하며 된장찌개를 보란 듯이 먹었다. 작은 호박에 맛들인 나는 길을 가다가도 씨감자 알만 한 호박은 땄다. 이건 서리라기보다 이삭줍기다. 만약에 들판에 남은 것을 먹는 짐승들이 있다면 먹지 않을 것이다. 그런데 들판에는 이것을 먹을 만한 짐승이라곤 들쥐 정도가 있었다. 덕분에 죄책감을 가지지 않고 마지막 수확을 할 수 있었다.

가을이 문지방을 넘어오는 것 같으면 바빠진다. 그 사이 냉동실은 미어터진다. 냉동고를 하나 더 사야 하나, 라는 생각이 들 정도로 큰 냉동실에 대한 열망이 불쑥불쑥 치밀었다. 아욱이나 얼갈이 같은 것들은 손질하거나 삶아서 된장국을 끓일 상태로 만들고는 비닐봉지에 하나씩 넣어서 냉동실에 쟁여 놓는 작업이 시작된 것이다. 10월이 오면 무 배추 말고는 채소들은 눈을 닦고 봐도 없다. 물론 사시사철 농협슈퍼에는 잎채소들이 나오시만 이미 텃밭 채소의 맛을 알아버린 나로서는 쟁여 놓기를 멈출 수 없었다. 물론 남편은 이 쟁여 놓기를 끔찍하게 싫어했다.

여름의 마지막에서 채소들은 진한 채소 맛을 풍긴다. 잎이나 열매에 있는 수분이 졸아들어서다. 풋내는 조금 더 강해지고, 잎은 두꺼워져 퍽퍽한 맛이 난다. 열매들은 더욱 달착지근해진다. 쓴맛 단맛 모두 강해진다. 대신 장바구니는 보다 가벼워진다. 여름에 캐낸 자리에서 주운 썩지 않은 감자알 한두 개, 벌레 먹은 단단한 가지 하나, 호박 하나. 그런데 이것만으로도 네 식구의 밥상이 차려진다. 사람이 먹는 양은 사실은 그리 많지 않다는 것을 그때쯤 알아간다. 단지 욕심의 양이 많을 뿐이라는 것을.

타샤 튜터 할머니가 양파를 머리카락처럼 땋아 달아 놓은 사진을 본 적이 있다. 타샤 할머니도 한 꾸러미의 양파로 겨우내 먹는다.

밭들이 다 비워질 때쯤에는 흰 서리가 내린다. 이제는 밭에서는 아무것도 구할 수 없고, 땅이 쉬는 계절이 돌아온 것이다.

가장 큰
걱정

우리 집에는 간혹 예상치 못한 손님들이 온다. 그 작고 예쁜 손님도 예상치 못한 손님이었다. 이 손님은 우리가 모르는 새 산에서 우리 집으로 오는 길을 내어놓았다. 쥐똥나무 울타리를 자세히 보면 개구멍처럼 벌어진 틈이 있었다. 바닥은 파여 있고 그 부분은 반질반질하게 닳아 있기까지 했다. 우리 집 초롱이는 이 손님이 오더라도 짖지 않았다. 초롱이의 집은 마당 앞이고, 이 손님은 매일 쥐똥나무 울타리를 통해 뒷마당으로 와서 텃밭에만 머물다 갔기 때문인지도, 어쩌면 둘이 같이 놀았기 때문인지도 모른다.

"지엽이네 집에 못 보던 짐승이 있길래, 어디서 또 예쁜 짐승을 데려다 놓은 줄 알았어요."

우리가 손님의 존재를 안 건 성경이네 엄마의 말을 듣고 나서다. 뒷마당과 텃밭 사이를 왔다 갔다 하는 손님은 얼굴이 조그마하고 목이 길고 귀가 뾰족하고 다리도 길었다. 무엇보다 다갈색 온몸에 자르르 윤이 났다. 멀리서 녀석을 본 성경이네가 '저런 개도 있나?' 하고 고개를 갸웃거릴 만했다. 성경이 엄마가 본 그 예쁜 개는 사실은 아기 고라니였다.

아기 고라니는 우리 집에만 오는 것은 아니었다. 이 녀석은 하루에 몇 번씩 동네를 산책하고 있었다. 녀석은 두려움에 가득 찬 눈으로 산을 타고 어슬렁거리며 내려와서는 뒷집 할머니 댁으로 간다. 할머니 댁 서쪽 창 앞에 심어 놓은 돌배나무 아래서 익지도 않은 돌배를 아삭거리며 따 먹고는 논을 가로질러서 우리 집으로 내려온다.

"아삭거리는 소리가 나서 보니까 고라니더라고, 논둑을 껑충거리며 뛰어서는 그 집 언덕배기로 훌쩍 뛰어오르데. 고개를 울타리 사이에 쑥 넣고는 들어가버리더라고."

어쩌면 할머니는 하루 종일 이 낯선 손님이 오기를 기다렸는지도 모른다. 녀석은 할머니가 숨죽인 채 자신을 훔쳐보는 줄도 모르고 매일 배를 따 먹으러 왔다. 키가 닿는 곳의 배를 모두 따 먹어버린 뒤에도 녀석은 나무 아래 와서 배에다 눈때를 묻히고 갔다. 그러곤 우리 집 쥐똥나무 울타리를 넘어와서는 울타리 바로 앞에 있는 개복숭아와 배나무 아래서 떨어진 열매를 먹으며 어슬렁거린 모양이었다. 그런 다음 이 녀석은 텃밭으로 가서 깻잎과 열무와 고구마 순을 먹으며 만찬

을 즐겼다. 텃밭은 아기 고라니를 숨겨주기 딱 좋았다.

"텃밭에서 나랑 눈이 딱 마주쳤는데, 달아날 생각을 안 하데. 녀석이 좀 컸는지 이제는 겁도 없어."

우리 집 텃밭에 하루에도 몇 번씩 오는 걸로 봐서 녀석은 텃밭을 자기 집으로 여기는 모양이었다. 녀석이 콩잎, 깻잎, 열무 잎, 배추 잎 만찬을 즐기는 동안 우리는 멀찍이서 바라보곤 했다. 이사를 결정하고 나자 가장 걱정되는 건 바로 이 녀석이었다. 이 녀석은 주인집 밭에도 가서 따 먹곤 했는데, 우리는 그때마다 우리 밭에서만 먹기를 바랐다. 주인집은 벌레가 꾀는 게 싫다며 올 때마다 농약을 쳤다.

이사 갈 집을 계약한 날 우리는 아이들에게 그 짐승의 존재를 알려주었다. 그동안 알려주지 않은 건 아이들이 환성이라도 지르면 놀라서 도망가서는 다시는 안 올 것 같아서였다.

"얘들아, 우리 집에 아기 고라니가 와. 몰래 숨어서 봐야 해. 안 그럼 놀라서 도망가."

우리는 마당에 몰래 숨어서 지켜보았다. 초롱이도 아이들 곁에서 짖지 않고 지켜보기만 했다. 녀석은 하루하루 살이 붙어 배와 궁둥이가 통통했다. 겁 많은 눈동자는 더욱 맑고 깊어 보였다. 우리는 겨울에 그 녀석을 위해 시래기나 고구마나 감자를 주려고 준비했지만, 이사가 확정되자 쥐똥나무 울타리 근처에는 얼씬도 못 하게 쫓아버릴 궁리를 했다.

"저 녀석 자꾸 이리로 내려오다가는 위험해!"

인가에 자꾸 내려오다 보면 언젠가는 잡힐 것이었다.

"우리 이사 갈 텐데, 저 녀석 어떡하지……."

"설마 잡아먹기야 하겠냐?"

"울타리의 은행나무도 다 팔아먹는 판에 고라니 못 팔아먹겠어?"

1년 새 훌쩍 자란 녀석은 내년에도 다시 올 것이었다. 주인집 아저씨와 아주머니에게 들키는 날에는 어쩐지 제삿날이 될 듯했다. 주인네는 밭에다 제초제를 뿌리는 건 물론, 안방 문 앞까지 제초제를 뿌려댔다. 더운 여름날 거실 창을 열지 못한 채 붉게 물든 제비꽃과 질경이를 보자니 절로 처연했다. 더구나 가을볕에 눈만 맑은 철딱서니 없는 손님을 두고 가자니!

산비둘기
구출작전

농사짓는 사람들의 최대의 적은 비둘기다. 도시의 닭둘기와 달리 작고 털빛이 선명하고 예쁜 산비둘기. 녀석들은 닭둘기와 달리 잽싸고 멀리 있는 인간의 기척까지 알아낼 정도로 눈치가 빠르다. 마을 사람들은 초봄부터 늦가을까지 비둘기와 '수싸움'을 한다. 농사를 짓는 사람의 입장에서 보면 비둘기만큼 얄미운 동물은 없다. 열무씨를 뿌리면 와서 냉큼 빼 먹고, 콩을 심고 있으면 뒤를 아장아장 따라다니며 다른 고랑으로 가기만을 기다렸다는 듯이 쏙 빼 먹고 날아간다. 참깨가 익어서 깻단을 베어 단을 지어 세워 놓으면 그 아래서 비를 피해가며 콕콕 쪼아 먹는다. 콩 역시 타작을 하기 전까지는 비둘기의 밥이다. 그러다 보니 동네 할아버지들은 비둘기를 잡으려고 약도 놓고 덫도 놓는다.

눈만 뜨면 재미있는 일이 없나 하고 동네를 쏘다니던 아이들은 어느 날 베어 놓은 깻단 속을 뒤졌다. 그 안에서 덫에 걸린 비둘기를 발견한 아이들은 숨이 턱에 넘어가게 집으로 왔다.

"아빠, 덫에 비둘기가 걸렸어요. 구해주세요."

아빠의 도움으로 덫에서 풀려난 비둘기는 곧바로 날아가지 않고 죽은 듯이 앉아 있었다. 많이 다쳤나 싶어 살그머니 비둘기에게 다가갔더니 퍼드덕 하고 순식간에 날아가버렸다.

산비둘기들은 위장도 잘하는 능청스러운 녀석들로 결코 호락호락하지 않았다. 할아버지는 능청스러운 비둘기를 잡기 위해서 참깨밭 군데군데다 쥐덫을 놓았고, 아이들은 기다란 막대기를 가지고 다니며 깻대 안쪽까지 쿡쿡 쑤시고 다녔다. 아이들은 깨밭 주인 할아버지에게 분노했다. 덫에 걸려 퍼덕거리는 비둘기를 꺼내 놓고 보니 그만 죽어버렸는데다, 하루도 거르지 않고 하루에 몇 번씩 쥐덫을 놓기 때문이었다. 아이들은 어느 날 오후에는 두어 마리의 비둘기가 죽어서 비둘기를 묻어주느라 저물 녘까지 뒷산을 쏘다니기도 했다. 눈이 튀어나오고 목이 꺾인 비둘기를 발견한 날, 아이들은 울어서 빨간 눈으로 씩씩거리며 집으로 왔다.

"할아버지 이름 적을 거야."

"이름 적어 뭐하게?"

"할아버지가 비둘기를 죽게 했으니까!"

두 마리의 비둘기를 묻어준 날 큰아이는 수첩과 연필을 갖고 나갔다. 옆집 아이 둘과 다른 집 아이 셋도 큰아이를 따랐고, 나도 조금 떨어져서 아이들의 뒤를 밟았다. 할아버지와 아이들이 맞부닥치면 그야말로 큰일이 터질 게 뻔했다. 하루에 몇 번씩 덫에 걸린 비둘기를 풀어주기 귀찮은 남편은 마침내 덫을 푸는 법을 애들에게 가르쳐주었는데 그 바람에 일은 점점 커졌다. 아이들은 비둘기가 덫에 걸려 있으면 풀어주고, 한술 더 떠 동화책에서 본 대로 덫을 찾아내어 나무 막대기로 다 채워버렸다. 몇 시간 뒤에 가면 다시 덫이 놓여 있는 걸로 봐서 밭주인 할아버지와 애들의 싸움은 이미 시작되었다. 할아버지는 덫에다 나무 막대기를 찔러 채워버리는 녀석들이 누군지 모를 리 없었다. 마을에 아이들이라고는 우리 집과 옆집, 그리고 조금 떨어진 데 사는 한 집 정도밖에 없다.

참깨밭에서 아이들이 덫을 찾는 동안 한 아이가 "할아버지 온다."라고 말한 모양이었다. 아이들은 깻단 뒤에 납작 엎드렸다. 할아버지는 휘휘 깻밭을 둘러보는 시늉을 하고는 갔다. 할아버지가 멀리까지 사라지자 아이들은 고개를 쏙쏙 내밀었다. 할아버지가 봐준 것도 모르는 아이들은 다시 덫을 채우기 시작했다.

아이들은 그날 할아버지가 아닌 내게 야단을 맞았다. 이 일에 우리 집 강아지도 동원이 된 모양이었다. 말귀라고는 못 알아듣는 강아지에게 할아버지가 오는지 지키라는 임무를 내린 듯하다. 아이들을 따라 몇 번 산자락을 헤맨 강아지는 온통 진드기투성이가 되었다. 또, 어디 질척질척한 곳에 엎드렸는지 배와 발이 물에 완전히 젖어 있었다. 얌전한데다가 짖지 않는 녀석은 할아버지가 왔을 때 아이들과 같이 납작 엎드려 있었던 모양이었다.

게다가 아이들 등에는 땀띠가 송송 돋았다. 비둘기 때문에 며칠 밭으로 산으로 쫓아다닌 덕분이었다.

"너희들 할아버지가 무섭긴 무섭지? 이제 어떡할 거야. 할아버지가

밭의 주인이 참깨를 먹는 비둘기를 잡기 위해 군데군데 쥐덫을 놓았다. 영리한 비둘기는 쥐덫에서 풀어주어도 금세 날아가지 않았다. 주의가 산만해질 때까지 꼼짝 않고 있다가 갑자기 푸드덕 날아갔다. 아이들은 밭 주변을 돌며 쥐덫을 찾아서 나무 막대기로 채워버렸다.

땀띠 나지 말라고 목욕시킨 다음 내 티셔츠를 하나씩 입혔다.

그게 시원했는지 여름내 아랫도리를 벗고 동네를 돌아다닌다.

급하긴 급했다. 동네 아이들이 부르면 뛰어나가야 하니까!

너희들이 하는 짓을 모를 거 같니? 게다가 이티가 온통 진드기한테 물렸잖아. 다시는 이티 데리고 가지 마!"

"엄마는 비둘기가 불쌍하지도 않아요?"

물론 내가 아무리 야단을 쳐도 산비둘기 구조단이 해체될 거 같지는 않았다. 할아버지가 베어서 세워 놓은 깻단을 완전히 털 때까지, 비둘기가 오지 않을 때까지 계속될 터였다. 아니 날씨가 선선해질 때까지 비둘기들은 그 깨밭에서 머물 것이다. 곧 김장 배추와 무씨를 뿌릴 것이고, 비둘기들은 깨알만 한 잿빛 씨들을 쏙쏙 골라 먹을 것이다. 뭔가 새로운 놀이에 빠져 비둘기를 완전히 잊어버리기 전까지는 비둘기 때문에 동네가 시끄러운 일이 한 번은 일어날 것이다. 비둘기가 불쌍하긴 하지만 아이들이 빨리 개학하기만 나는 손꼽아 기다렸다.

개학 전까지 아이들은 비둘기를 잊어버리지 않았다. 아이들 덕분에 살아난 비둘기가 몇 마리나 될까? 가을에 잘 먹고 살이 통통하게 오른 비둘기들은 봄이 되면 다시 짝짓기를 하고, 늦여름이 되면 새끼 비둘기들이 깨밭을 노릴 것이다.

모닥불을
피우는
시간

 짧은 가을이 가기 전에 우리는 마지막 놀이를 준비했다. 가을은 서울보다 빨리 왔다. 9월 말이 되자 이미 아침저녁으로 제법 쌀쌀해졌다. 1년 동안 우리 가족은 겨울을 준비했다. 모닥불을 피우기 위해 눈에 띄는 대로 나무를 모아 평상 밑에다 차곡차곡 쌓아 두었다.

 뒷산에 가면 땔감이 될 만한 잡목이 많을 것 같지만 그렇지 않다. 부러진 잡목은 꽤나 눈에 띄지만 정작 장작으로 땔 만한 나무는 드물다. 땔감을 마련하기 위해 장작을 패던 시절은 이미 지났다. 산에는 벨 만한 나무가 없고, 있다고 한들 함부로 벨 수도 없다. 무엇보다 땔감으로 쓸 수 있는 조건은 의외로 까다롭다. 가장 좋은 것이 바싹 말린 소나무나 참나무지만 그런 장작을 구한다는 건 우리로선 거의 불가능했다. 이런 장작은 나무장수에게 사야 한다. 페치카나 나무난로를 쓰는 사람들이 많다 보니 예전에는 없던 장작장수와 숯장수가 생겨났다. 가평에 가면 숯장수도 많았다.

"모닥불 피울 때 우리 나무 갖다 써! 나무 많잖아!"

개목사님은 나무를 주워 오는 우리 가족을 보고는 짐짓 선심을 썼다. 그러나 개목사님 집에 있는 수백 톤의 플라타너스 가지는 땔감으로는 부적격이었다. 연기만 고약하게 피워대면서 제대로 된 화력을 내지 못한다.

"공사장을 돌면서 나무가 보이면 무조건 주워 놓아요."

이층집 아저씨는 자신만의 비법을 우리에게 전수해주었다. 아저씨는 길을 가다가 나무만 보이면 차를 세우곤 했다. 아저씨 덕분에 우리도 겨울이 오기 전에 꽤 많은 나무를 모을 수 있었다. 그해 겨울 같이 모닥불을 피우려고 했던 아저씨네는 이사를 가버렸다. 대신 그 집에는 쌍둥이네가 이사를 왔다.

아이들은 앞산에 단풍이 들 무렵부터 학교에만 갔다 오면 강아지처럼 집 주변을 돌며 해가 지기를 기다렸다. 여름에는 8시가 되어도 해가 지지 않더니 겨울이 가까워지자 5시만 되어도 어스레해졌다. 해설피 무렵이 되면 나는 아이들을 불러 포일과 감자, 고구마, 계란을 주었다.

"니네들이 알아서 싸."

"이것 다 싸도 되는 거예요?"

"응. 먹고 싶은 만큼 싸. 남으면 내일도 모닥불을 피우면 되니까."

아이들이 포일로 구워 먹을 것을 싸는 동안 남편은 옆에서 모닥불을 피울 준비를 했다. 마침내 작은 모닥불을 피우면 아이들은 기다란 부지깽이를 하나씩 들고 모닥불을 뒤적거려 모닥불을 크게 했다. 부지깽이를 태우기도 하고 장작을 더 얹기도 하면서 아이들은 한두 시간은 족히 불장난을 했다. 아이들은 처음에는 모닥불을 쑤셔 불티만 날리게 하더니 나중에는 모닥불의 크기를 조절할 줄 알게 되었다. 불장난의 선수가 되면서 겨울옷은 날아든 불티로 구멍이 나지 않은 게 없었다.

모닥불은 아이들의 자부심이기도 했다. "우리 아빠 가게 해서 돈을 많이 번다."라고 말하는 영악한 아이들이 있었다. 그때마다 아이들은 "우리 집에는 저녁마다 모닥불을 피운다."고 응수했다. 남편은 가끔 우리 집에 있는 향나무보다 훨씬 높이 불꽃이 오르는 큰 모닥불을 피우기도 했다. 불기둥이 족히 3미터는 되어 보였다. 동네 사람들이 멀리서도 우리 집 마당에서 타오르는 모닥불을 볼 수 있었다. 커다란 모닥불을 피우는 날은 불놀이가 몇 시간 이어졌다. 그런 날은 조금 특별한 날이기도 했다. 첫눈이 온다거나 아이가 상받을 만한 일을 했거나!

모닥불이 커지면 뒷집 성경이와 성경이 어머니가 불가로 오곤 했다.

10년 전에 시공된 태양열 주택, 15년 전에 시공된 심야전기보일러 사이에 아직도 장작으로 구들장을 데우는 할머니 할아버지들이 있다. 동네를 돌다 보면 장작을 갈무리해 둔 집이 몇 집 보인다. 늘 장작은 넉넉하게 쟁여져 있다.

뒷집의 쌍둥이들은 오고 싶어도 오지 못했다. 쌍둥이와 큰아이가 싸우고 난 뒤부터는 데면데면해졌기 때문이다. 가끔 쌍둥이들이 2층 창문으로 우리 집 모닥불을 구경하는 것을 보곤 했다. 쌍둥이들 덕분에 골탕을 먹은 큰아이는 큰 모닥불을 피움으로써 상처 입은 자존심을 회복했다. 두 아이는 꽤나 치사한 방법으로 큰아이를 골탕 먹었다.

모닥불이 사그라지면 남편은 모닥불 주변을 삽으로 파서 구워 먹으려고 준비해 둔 고구마와 감자를 파묻었다. 불씨가 완전히 사그라질 때쯤이면 고구마는 맛있게 구워졌다. 아이들은 불씨가 완전히 사그라질 때까지 모닥불 옆에 앉아서 별을 바라보았다. 주위가 깜깜해지면 별들이 모닥불보다 더욱 밝아졌다.

"다음부터는 윗집 아이들도 모닥불 피울 때 부르자."

"그래요, 엄마. 그 아이들도 고구마 먹고 싶을 거야."

모닥불을 피울 때는 온갖 속상한 것도 다 타들어가는 듯했다. 불길은 모든 것을 정화시킨다고 했던가. 아이나 나나 다시 맑아진 마음으로 집 안으로 들어오곤 했다.

아빠의
어린 시절
이야기

긴긴 겨울밤, 아이들이 잠을 안 잔다는 것은 부모에게는 고역이다. 남편은 모닥불을 피울 때 단단히 약속을 했다.

"너희들 불 피워주면 일찍 자기다."

물론 그것은 언제나 희망사항일 수밖에 없다. 모닥불 때문에 흥분한 아이들은 절대로 그냥 자는 법이 없었다. 아이들은 아빠를 잡고 놀아달라고 떼를 썼다.

"학교 안 가니?"

"가요."

"그럼 자야 돼, 안 자야 돼?"

"조금만 놀면 안 돼요?"

"너, 잘 시간 한참 지났다! 어떡할래? 내일 학교 안 살 서야?"

"엄마는 화쟁이!"

이렇게 말대답이 끝없이 이어지곤 했다.

닭들은 우리 가족이 밤마다 모닥불을 피우든 말든 둥지 속에 들어가서 잠을 잤다. 아마 어미 닭은 호기심 많은 병아리들을 날갯죽지 사이에다 단단히 품고 있었을 것이다. 짐승들이 숙면을 취할 수 있다는 사실이 놀라웠다. 자연 상태에서라면 아마도 불가능하겠지만 안전한 우리가 생김으로써 짐승들은 어떻게 보면 보호를 받게 된 셈이다. 잠 때문에 어쩌면 야생의 짐승들이 가축화된 건 아닐까 하는 생각이 들 정도였다. 모닥불이 사위를 환하게 밝혀도 닭들은 푸드덕하고 날갯짓하거나 꼬꼬하고 작게 울지도 않았다. 인간들이 무슨 짓을 하든 닭들에게는 잘 시간이었던 것이다.

도대체 이런 자연의 질서를 누가 깬 것인지 원통했다. 우리 집에는 아이들을 흥분시킬 만한 것이 별로 없었다. 텔레비전도 없고 게임기도 없고 비디오도 없었다. 아드레날린이 과도하게 분비될 만한 원인을 제공하는 게 만약에 있다면 아빠의 이야기였다.

아이들은 이불 속에서 고시랑고시랑 이야기하는 것을 좋아했다. 밤 12시가 되면 이순신 장군의 동상이 움직인다는 무서운 이야기나 도깨비 빤스 같은 웃기는 이야기, 사고뭉치 아빠의 어린 시절 이야기를 재미있어했다.

청양 산골짜기 출신의 남편은 도시에서 자란 나와는 전혀 다른 세상에서 살았다. 엄마 공책 사게 돈 주세요, 라고 하면 엄마는 따끈따끈한 계란을 두 개 주었다고 한다. 계란을 한 손에 하나씩 쥐고 가서 문방구에서 공책과 바꿨다. 겨울에는 난로를 때기 위해서 선생님이 장작을 갖고 오라고 했고, 아침마다 아버지가 장작을 아이가 지고 가기 좋은 크기로 잘게 쪼개서 새끼줄에 매어주곤 했다. 남편의 초등학교 시절 이야기는 내가 들어도 만화책처럼 재미있었다. 남편에 비하면 조개탄을 때던 학교에 다니던 나의 추억은 빛이 바랬다. 복숭아를 따 먹기 위해서 지붕에 올라갔다 매달린 이야기, 참외 서리를 하다 강물에 떠내려간 이야기, 수박 서리를 하다 똥구덩이에 빠진 이야기, 가장 앞줄에 앉던 키가 작고 빼빼 마른 남편이 덩치가 곰만 한데다가 반에서 가장 힘센 아이를 번쩍 들어서 던져버린 이야기, 수업을 빼먹고 천막극장에서 영화를 본 이야기같이 구시렁구시렁 흘러나오는 남편의 이야기는 무궁무진했다.

간혹 이야기를 실감 나게 하는 이야기꾼들이 있다. 리을 발음이 제대로 안 되어, 연극배우가 되기를 포기한 남편은 아이들에게 있어 변사였다. 40년 전 장날 천막 안에서 벌어지던 활동극 쇼가 밤마다 이불속에서 벌어진 셈이었다. 남편은 변사 역할을 그럴싸하게 해냈고, 아이들은 남편의 이야기에 홀딱 빠져들었다. 아이들이 자지 않는 것을 탓할 게 아니라 이야기를 좋아하는 어른이 사실은 문제였던 것이다.

이야기는 밤마다 끊임없이 이어졌다. 아이들이 좋아하는 이야기 중 하나는 '도깨비 빤스' 이야기였다.

어느 날 유치원에 간 아이는 '도깨비 빤스'라는 노래를 배워 왔다.

"도깨비 빤스는 질기고요. 도깨비 빤스는 튼튼해요. 5천 년 동안이나 안 빨아요. 도깨비 빤스는 질기고요. 냄새나요."

노랫말은 유치하기 짝이 없었지만, 이렇게 똥이나 빤스같이 유치한 이야기를 아이들은 좋아했다. 똥이니 빤스 같은 단어만 말해도 키득거렸다. 남편은 아이들이 키득거릴 만한 소재로 즉석에서 이야기를 지어냈다. 똥개가 아기가 싼 똥을 먹은 이야기, 똥이 마려워서 빤쓰에 똥 싼 이야기, 볼텐트 속에 싸 놓은 염소 똥 같은 똥을 남편이 초콜릿 볼인 줄 알고 먹을 뻔한 이야기를 하면 아이들은 킬킬거리며 자꾸만 해달라고 했다. 새벽 2~3시까지 안 자고 어른이고 아이고 이불 속에서 킬킬거리다 보면 나중에는 어른이 먼저 진이 빠졌다. 10시 또는 늦어도 11시쯤부터 재우기 시작했다고 쳐도 세 시간 이상을 약장수가 되어야 했다. 피곤한 남편이 먼저 곯아떨어지면 내가 가서 수습을 할 차례였다. 나는 건넌방에 가서 소리를 꽥 질렀다.

"안 자! 내일 학교 또 늦는다. 아빠도 자잖아."

"우리도 잘 거예요."

아이들이 이불 속으로 들어가서 생쥐처럼 새까만 눈으로 나를 올려

양평은 전국에서 가장 추운 곳으로 눈이 많이 오는 곳이다. 아이들은 12월달부터 3월달까지 지치지 않고 눈사람을 만들었다. 아주 얇게 싸락눈이라도 오면 눈사람을 만들러 나갔다.

다보면 짐짓 화가 난 듯이 불을 탁 끄고 나왔다.

"엄마는 화쟁이."

"맞아. 엄마는 화쟁이야. 아빠가 이야기 더 해주면 좋을 텐데……."

아이들은 아빠가 잠들어버린 걸 못내 안타까워하며 고시랑거리다 곧 곯아떨어지곤 했다.

늦게 잠든 아이들이 아침 일찍 눈을 뜰 리 없었다. 큰아이는 추운 욕실의 변기에 앉아서 똥을 누다가도 졸았다. 이렇다 보니 아침마다 서두르라고 큰 소리로 닦달을 하는 건 나의 몫이었다. 그렇게 하지 않으면 8시 50분에 집에서 나설 수 없었다. 학교는 9시까지 가야 했고, 아이는 늘 아슬아슬하게 지각을 면했다. 9시 10분쯤 되어 아이들을 데려다준 남편이 집에 들어오는 소리가 나면 그제야 나는 안도의 한숨을 내쉬었다. 비로소 전날 밤부터 일어났던 일이 마무리되는 느낌이었다.

얼음썰매는
어른도
좋아해

우리 집 아이들은 여름방학 때 그랬던 것처럼 겨울방학만 되면 도랑으로 나간다. 문호리를 가로지르는 문호천의 한 지류는 여름에는 수영장, 겨울에는 얼음썰매장으로 변신한다. 문호리 아이치고 이곳을 그냥 지나쳐 가는 아이는 없다. 썰매장은 동네에서 청년 축에 드는, 머리가 벗겨지기 시작하는 동네 토박이들이 운영한다. 동네마다 있는 무슨무슨 청년회. 청년회라고는 하지만 이들은 모두 아이들의 친구 아버지들이다. 평소에는 카센터 아저씨, 식당 아저씨, 농사짓는 아저씨, 중장비 운전하는 아저씨로 불리는……

아저씨들은 어릴 때 타던 얼음썰매를 만들어 놓고는 아이들과 엄마들에게 빌려 준다. 썰매장 한편에 옹기종기 모여서 커다랗게 모닥불을 피우고 고구마를 구워 먹기도 하고 꼬막이나 삼겹살을 구워 소주를 한잔씩 하기도 한다. 아이들에게 썰매를 빌려 주는 봉사활동을 겸

해서 친구와 회포를 푼다. 출출한 아이들을 위해서 컵라면도 파는데, 수익금은 유니세프에 기증한다. 우리 아이들은 썰매를 타는 재미도 재미지만 놀러 온 친구 엄마들에게 컵라면을 하나 얻어먹거나 아저씨들에게 고구마를 얻어먹는 재미에 매일 도랑으로 나간다. 덕분에 남편도 도랑으로 출근을 하는 신세가 되었다.

아이들은 하루 종일 지치지 않고 논다. 썰매 경주도 하고 모닥불을 쬐기도 하고 친구들과 어울려 뛰기도 한다.

아이들에게 추위보다 더 무서운 것은 얼음이 녹는 것이다. 내일은 날씨가 풀리겠다고 하면 얼음판 걱정부터 한다.

"밤새 얼음 녹으면 어떻게 하지?"

"날이 풀리는 낮에는 녹지만 밤에는 기온이 내려가니까 도로 얼어."

"그래도. 오늘 도영이 오빠는 빠져서 젖은 신발을 신고 집에 갔단 말이야."

"얼음은 원래 다 얼어 있지 않아."

"왜?"

"물은 흐르니까. 안 그러면 물속에 사는 물고기들 다 죽잖아."

옆에서 잠잠히 듣고 있던 큰아이가 거들었다.

큰아이 말대로 여름이 되면 그곳에서는 투망질이 한창이다. 비가 온 다음 날이면 아저씨들이 빽빽하게 서서 투망을 던진다. 투망질을 하는 사람들 역시 아이들의 친구 아빠들이다.

　이곳 토박이들은 이곳에서 초등학교를 나오고 초등학교 동창과 결혼해서 아이를 자신이 다녔던 초등학교에 보낸다. 그러다 보니 100년 가까이 된 초등학교에 삼 대가 다니는 경우도 있다. 다들 친구고 동창이고 형제고 집안 식구이자 아이들 친구의 부모다. 이쯤 되면 비밀이 없다.

　모닥불을 피워 놓고 봉사활동을 벌이고 있으면, 다리 위를 지나가던 사람들은 차를 멈추고 이야기를 걸거나 아예 다리 아래로 내려와서 불가에 자리를 잡고 앉는다. 개울에는 늘 어른 반 아이들 반이다. 아이들을 데리고 온 엄마들은 엄마들끼리, 토박이들은 토박이들끼리 모여서 겨울 한때를 보낸다. 매운바람도 발밑에서 사각거리는 얼음도 아이들의 고함소리도 마른 물풀들이 비비대는 소리도 모닥불이 타는 소리도 다 어릴 적과 같다. 모인 어른들을 보고 있으면 아이들보다 더 신나게 논다.

　"엄마도 스케이트 타."

　"엄마는 한 번도 못 타봤어."

　"그건 노력하면 되는 거야. 겁내지 말고 해봐."

　"글쎄, 엄마는 운동신경이 둔하거든."

　"못 하는 게 어딨어? 안 그래? 안 해봐서 그런 거지……엄마도 하면 될 거야."

목을 움츠린 채 손을 비비며 얼음판 위에 어정쩡하게 서 있는 나와 달리 다른 엄마들은 아이들과 경주를 하기도 한다. 가끔은 어른들보다 아이들이 더 어른스러울 때가 있다. 얼음판에서 어른들이 놀 때는 아이들은 절대로 엄마나 아빠를 찾지 않는다. 물에 빠지더라도 엉덩방아를 찧더라도 혼자서 슬그머니 해결을 한다. 엄마들이 나중에 호들갑을 떨며 불가로 부를 때는 이미 젖어버린 발 따위는 잊어버린 뒤다.

스케이트장은 개장시간과 폐장시간이 있지만 아침나절부터 타러 오는 아이들도 있고, 저녁 늦게까지 타는 아이들도 있는 바람에 사실은 언제나 열린다. 슬그머니 창고에서 썰매나 스케이트를 꺼내다가 타고 도로 넣어 놓으면 된다. 나무를 잇대어 만든 썰매를 훔쳐 갈 사람도 없다. 가끔은 단지 어른들도 아이들처럼 놀기만 하면 된다.

한겨울의
동거자

　　　　　겨울 남편의 방에 손님이 찾아왔다. 빈방에
앉아 있으면 마치 등 뒤에서 속살거리는 듯한 소리가 났다. 소리의 정
체는 쉽게 잡히지 않았다. 달그락거리는 작은 돌 굴리는 소리 같기도
하고, 사각거리는 것이 무엇인가를 갉는 소리 같기도 했다. 여긴가 하
고 귀를 세우면, 이번에는 저쪽에서 들려왔다.

　'귀신이 사는 집은 아닐 것이고 이 소리가 도대체 어디서 나는 것일
까?'

　책꽂이에 기대 책을 읽던 아이들은 눈을 동그랗게 뜨고 귀를 세우곤
했다. 잠이 안 오는 밤, 우리 식구들은 나란히 누워서 또록또록 들리
는 이 소리의 정체에 대해서 골똘히 생각하느라 눈을 깜박거렸다.

　"얘들아, 우리 귀신 이야기 할까?"

　"엄마, 이 소리 귀신 소리인가 봐."

귀신 이야기 소리를 꺼내자마자 두 녀석이 비명을 질러댔다. 비명소리에 놀랐는지 소리가 잠잠히 수그러들었다. 아이들은 귀신 소리라고 그럴듯한 이야기들을 지어내었다. 그때마다 아무 일 없다는 듯이 말을 했지만, 소리의 정체가 궁금하긴 마찬가지였다.

더 고약한 일은 밤에 잘 때도 달그락거리는 소리가 사라지지 않는 것이다. 하루는 귀를 세워 소리의 흔적을 따라가다 보니 책장 아래, 그러니까 남편이 이불을 깔고 누워서 자는 바로 그 자리에서 났다.

소리의 정체는 곧 밝혀졌다. 방구들 아래서 달그락거릴 수 있는 놈은 쥐밖에 없었다. 쥐들이 살림을 차린 모양이었다. 처음에는 한 마리가 추위를 피해 보일러실로 숨어 들어와서는 굴을 파고 들어갔다. 그리고 그 쥐가 다른 쥐를 불러들인 모양이었다. 몇 가족이 사는지는 몰랐다. 한 가족 어쩌면 두어 가족이 될 수도 있었다. 아니나 다를까 보일러실에는 쥐들이 구멍을 내며 물어낸 자갈들이 수북했다.

"쥐들을 몰아내야 할 텐데……."

"어떻게 잡겠어. 그냥 두면 안 돼?"

"안 돼. 보일러 선을 다 갉아 먹어서 나중에 물이 샐지 몰라."

"하여튼 놈들은……하필이면 방구들 아래다 집을 짓다니?"

"거기가 가장 따뜻할 테니까."

쥐들이란 얼마나 영리한 짐승인지! 시멘트를 파고 들어가는 노동이

힘들 뿐이지 얼마간의 노동만 하면, 그때부터는 들고양이로부터도 인간으로부터도 자유로우면서 따뜻하게 한겨울을 날 수 있었다. 마치 광부가 되어 갱도를 파고 들어가는 것처럼 생쥐 가장은 보금자리를 꾸리기 위해 고된 노동을 자처했다.

남편은 문호리 약국표 끈끈이로는 쥐가 달라붙지 않는다며 양수리에서도 사 왔지만 시골 쥐들은 영리했다. 쥐는 끈끈이에 절대로 잡히지 않았다. 어떤 놈은 끈끈이에 붙은 적은 있지만 털 한 움큼을 남기고 도망을 갔다.

"쥐들도 시골 쥐들은 힘이 세나보다."

"*끈끈이도 쥐덫도 안 통하니⋯⋯.*"

옛날 천장 위에서 쥐가 후다닥거려서 베개를 천장에다 던졌던 것처럼 우리는 방바닥을 책으로 쳤다. 그러면 그 순간뿐이었다. 달그락거리는 소리는 보일러 배선 아래 있는 자갈을 걷는 소리였다. 생쥐들이 자갈 위에서 움직일 때마다 달그락거리는 소리가 났고 그 소리는 여간 신경을 긁지 않았다. 남편은 밤잠 없는 쥐들 땜에 늘 밤잠을 설치곤 했다. 쥐도 자는 한밤중이 있었건만 고요해지는 그때는 또 달아난 잠이 오지 않아서 담배만 피워댔다.

그보다 우리 집 창고는 쥐들에게 점령당해 남아나는 게 없었다. 신문지에 싸서 박스에 넣어 놓은 무와 배추에 쥐의 이빨 자국이 났다.

이런저런 먹는 것은 물론 쏠 수 있는 건 다 쏠아놓았다. 박스를 쏠아 놓거나 비누, 심지어 세제를 쏠아서 세제가 터져 나오기도 했다. 이쯤 되자 남편은 쥐와 전면전을 선포했다.

늘 쥐가 이기는 것은 아니었다. 남편에게도 한 가지 수확이 있었다. 새끼 쥐를 몇 마리 잡은 것이다. 구멍으로부터 고물고물 기어 나오는 쥐를 잡아서 버렸다. 이제 겨우 눈을 떠서 걸음마를 하는 새끼들을 잡아버렸으니……, 그럼에도 불구하고 쥐 부부는 전혀 물러서지 않았다. 쥐들은 밤마다 더욱 달그락거렸다. 다시 새끼를 낳은 모양인지 아니면 남은 새끼들을 잘 건사한 것인지는 몰랐다. 남편은 더욱 약이 올랐지만 백기를 들었다. 쥐들도 먹고 살아야 하지 않겠는가! 쥐가 몇 마리 더 문호리에 산다고 해서 지구 환경이 변할 것도 아니고…….

"포기하자. 쥐도 먹고 살아야지."

십여 개의 끈끈이를 버리자 남편은 쥐로부터 자유로워졌다. 살다가 봄에 나가라는 것이다. 대신 파이프를 쏠지 말라는 뜻에서 음식까지 남겨 놓았다. 무며 배추 박스는 다시 창고로 들어갔다.

아마도 방구들 아래에도 벌레가 많을 것이었다. 오래된 집이다 보니 여기저기 빈틈이 있었고 바닥이라고 해서 빈틈이 없으란 법은 없었다. 눈먼 돈벌레들이나 쥐며느리들이 창고를 점령하고 있었을 것이고, 그것들은 쥐의 먹이가 되었을 것이다.

결국 쥐 가족은 우리와 사이좋게 동거를 시작했다. 어린 쥐들이 제법 자랐는지 뛰는 소리가 더 많이 들렸다. 쥐들도 아이들이 남편 방에서 와자와자할 때는 쥐 죽은 듯 조용했다. 그러나 남편 방이 조용할 때는 쥐들이 설쳐댔다.

"엄마, 얘네들 뭐해?"

"운동회 하나 보다."

아이들도 이제는 남편 방 아래에 쥐들이 산다는 걸 알았다. 아이들은 쥐들의 소리를 들으며 쥐들의 생활을 상상했다. 가만히 남편 방으로 숨어 들어와 책을 읽던 큰아이는 종종 쥐들의 달그락거리는 소리를 새까만 눈을 굴리며 듣곤 했다.

"누가 이길까?"

"글쎄. 안 보니 모르지. 암튼 쥐가 많아. 운동회 할 정도로."

도대체 식구를 얼마나 불린 것인지 나중에는 방바닥 아래가 와글와글 한시도 잠잠할 날이 없었다.

쥐 가족 덕분에 우리는 더욱 봄을 기다리게 되었는지도 모른다. 봄만 되면 내쫓자, 라고 단단히 마음을 먹고서는. 우리는 한겨울에 동거자를 내쫓을 정도로 야박한 집주인은 아니었지만, 동거자 때문에 잠을 설칠 때마다 '웬수 같은 쥐'를 사랑할 만큼 속이 넓은 것도 아니었다.

꽃샘추위도 물러난 3월의 어느 날, 남편은 창고 문을 열어놓고 대청소를 시작했다. 창고에 있던 모든 음식이며 비누를 치워버렸다. 기다렸다는 듯이 겨울 동안 새끼들을 키운 쥐 부부는 열린 문으로 유유히 나갔다. 게다가 밖은 쥐들을 유혹했을 것이다. 밖에는 좋은 냄새가 나고 햇볕도 따뜻하고 그리고 맛있는 냄새도 났다. 닭장에도 병아리들이 태어났으니!

새 달이
온다

        설을 지나자 바람 끝이 제법 수그러들었다. 수돗가의 단풍나무는 가지 끝이 발갛게 달아오르고 있고, 마당가의 은행나무에는 까치가 집을 짓고 있었다. 도대체 아직 바람은 찬데 어떻게 봄이 오는 걸 저 나무들은 아는 것인지? 겨울의 끄트머리인 줄 알았는데, 봄은 벌써 다가와 있었다. 동네에서도 묵은 것들을 보내는 행사가 있었다.

   "문호 4리 주민 여러분 오늘 달집태우기 행사가 있사오니……."

   대보름날 우리 집 앞 빈 밭에서 달집태우기를 한다는 이장님의 방송이 며칠 전부터 들렸다. 아이들과 나는 달집태우기만 고대하고 있었다. 도시에서 자란 나는 마흔이 되도록 달집태우기를 단 한 번도 보지 못했다.

   "엄마, 달은 하늘에 있는데 달집을 어떻게 태워요?"

동네 할아버지들이 대보름을 앞두고 경로당에 모여 앉아 쥐불놀이 깡통을 만들었다. 달집이 타오르자 아이들은 쑥죽과 쥐불놀이 깡통을 들고 뱅글뱅글 동네를 돌았다. 태어나서 처음 해본 쥐불놀이였다.

"그럼 달은 어떡해요? 집이 없어서?"

아이들은 달집을 태운다는 소리에 놀라서 물었다.

"낡은 집 대신 새집을 가지는 거야. 너도 한 살 더 먹어서 새 옷을 입잖아."

"맞아, 헌 이가 빠지고 새 이가 나고……."

큰아이가 낡은 것을 버려야 새것을 가질 수 있다는 사실에는 수긍했다. 그러나 여전히 풀리지 않는 의문이 하나 있었다.

"그런데 달은 집이 어디에 있어요? 달의 헌 집을 태우면 새집은 어디다 짓는 거예요?"

아이들에게 비유와 상징을 설명하자니 땀이 줄줄 흘렸다. 달의 집은 보이지 않는다. 옛날 사람들은 보이지 않는 것을 보이게 설명하는 재주가 있었다. 달이 떠오르는 산 밑에 나뭇가지로 달집을 만들어 놓으면 달이 그 안에서 잔다는 것은 다분히 동화적인 상상력이다.

아이들은 낡은 달집 대신 새 달집, 새로 오는 달에 대한 기대를 감추지 않았다. 그도 그럴 것이 큰아이는 이번에 초등학교에 입학한다. 큰아이의 인생에 있어 이보다 더 큰 변화는 없을 것이다. 큰아이가 갖는 새해에 대한 설렘은 남달랐다.

"그런데 엄마, 달집은 얼마나 큰가요?"

아이들의 머릿속에는 여러 가지 궁금증이 일어났다. 낡은 달집을 누가 이 지상으로 끌어내렸는지, 달의 집은 얼마나 큰지, 무엇으로 지어졌는지 따위의 꼬리에 꼬리를 무는 아이들의 호기심을 피해 나는 도망을 다녔다.

"아빠한테 설명해달라고 해."

아빠 역시 이 진땀 나는 설명으로부터 도망을 갔다.

"나중에 달집태우기를 해보면 알 거야."

그런데 우리 식구가 고대하던 행사는 이틀 늦게 치러졌다. 때늦은 폭설이 와서 마을길이 모두 얼어붙어버렸던 것이다. 흐린 하늘만 바라보던 우리 식구들은 "오늘은~" 하는 이장님의 방송이 들리자 댓바람에 빈 밭으로 달려 나갔다.

밭에는 지붕 높이만큼 거대한 나뭇단이 쌓여 있었다. 산봉우리 위로 둥근 보름달이 막 얼굴을 내밀자 달집에 불이 붙여졌다. 달집이 타오르면서 하늘 높이 불꽃이 치솟았다. 매년 할아버지들은 마을회관에 모여서 깡통에 구멍을 뚫어 쥐불놀이 깡통을 만들었다. 그런데 올해는 힘에 부쳐서 신식으로 하기로 했다며 아이들에게 폭죽을 나눠 주었다. 어른들이 서로 인사를 나누고, 아이들이 끼리끼리 어울려 폭죽을 들고 강아지처럼 빈 밭을 뛰어다니는 사이 하늘 높이 치솟았던 달집의 불이 사그라졌다.

집으로 돌아오는 길에 아이들에게 달을 보며 어떤 소원을 빌었는지 물었다.

"공부를 아주아주 잘하는 거요."

"나는 엄마 아빠 심부름 잘하는 거요."

말썽꾸러기 둘째도 언니만큼 의젓하게 말했다. 밭에서 파도 잘 뽑아 올 거라며 야무지게 덧붙이기까지 했다.

겨우내 훌쩍 커버린 아이들은 새 달이 뜨고 새봄이 오기를 기다린다. 두 아이 모두에게 올봄에는 새로운 인생(?)이 기다리고 있을 것이다.

구름빵을 먹는 시간

남편과 나는 그동안 승냥이 새끼를 키웠다. 두 아이들은 뻣센 야성을 가지고 있다. "어, 꽤 세군" "그 녀석들 대단하네" 처음에는 귀엽다고 말하던 사람들도 눈이 동그래진다. 식전부터 나가서 저녁 먹을 무렵 들어오기도 쉽지가 않다. 아마 어른들이 말리지 않으면 한 달이든 1년이든 그렇게 놀 수 있다. 그 많은 시간 동안 지칠 줄 모르고 뛰어논다. 밖에만 나가면 뭘 해야 할지 고민하지 않고, 엄마에게 물어보지도 않는다. 아이들을 보고 있으면 나 또한 지치지 않는다.

'자연에 있으면 마음이 피곤하지 않다.'

이병주의 《장자에게 길을 묻다》에서 본 구절 같다.

아이들을 보고 있으면 그런 생각이 절로 든다. 그리고 이게 남편과 내가 원하는 삶이었나? 하는 생각도…….

'가족 중 아픈 사람 없고, 무엇보다 마음이 지치거나 피곤하지 않는 것.' 나이가 들면서 이것이 진정한 호사임을 깨닫는다.

그동안 들판 위로 비가 오고 바람이 불고 번개가 쳤다. 가정을 이루고 그 울타리 안에서 아이를 키우며 산다는 것 또한 늘 변화무쌍한 날씨 가운데 있는 것 같다. 그런데 그동안 몸은 늘 피곤했지만 마음은 피곤하지 않았다. 다시 한 번 아이들이 어려졌으면 좋겠다. 그러면 이제는 어른들까지도 식전 댓바람부터 저녁 어스름 녘까지 아이들과 같이 즐거이 쏘다닐 수 있을 것 같다. 흙을 밟으며 사는 건 참 좋은 일이다. 화를 내면서도 다정할 수 있었고, 슬픈 순간에도 웃을 수 있었고, 심지어 벌을 받는 것처럼 호된 나날에도 여유가 있었으니! 그동안은 아이들처럼 구름빵을 먹던 시간이었다.

엄마가 잘못한 거야!

창문 너머 흰 구름
몽실몽실 흰 구름
가운데가 뻥 뚫려 도넛 같아
아니 김이 무럭무럭 나는 찐빵 같아
아니아니, 파리바게뜨 흰 빵 같아
동생과 같이 벌서는 시간

막걸리를 넣고 빵을 찌는 사람이 어딨어?
냄새부터 구린걸!
점심으로 그런 걸 먹으라고?

네가 한 입 더 먹었어!
아니야, 언니가 더 먹었잖아!
(너희들은 벌서면서도 싸우니?)

울다가 웃다가 창밖에 걸린
바삭바삭 구름빵을 베어 먹는다
말랑말랑 구름빵을 뜯어 먹는다

문호리 지똥구리네

1판 1쇄 인쇄 2009년 10월 21일
1판 1쇄 발행 2009년 10월 28일

지은이 | 김수영
사진 | 박병혁

발행인 | 김재호
편집인 | 이재호
출판팀장 | 김현미

편집장 | 윤성근
기획 · 편집 | 홍현경
아트디렉터 | 윤상석
디자인 | 박은경
마케팅 | 이정훈 · 유인석 · 정택구 · 이진주
교정 | 우정희
인쇄 | 중앙문화인쇄

펴낸곳 | 동아일보사
등록 | 1968.11.9(1-75)
주소 | 서울시 서대문구 충정로3가 139번지(120-715)
마케팅 | 02-361-1030~3 팩스 02-361-1041
편집 | 02-361-1254 팩스 02-361-0979
홈페이지 | http://books.donga.com

ISBN 978-89-7090-748-2 03800
값 12,000원